「よし、式神たちを探しに行くぞ」
「もちろんお供しましょう、主様」
芦屋《あしや》道弥《どうや》
千年前に裏切りの中で命を落とした陰陽師、芦屋道満が現代日本に転生した姿。芦屋家の再興と安倍家への復讐を誓う。
―神狼《しんろう》― 真《まこと》
かつて式神として芦屋道満に仕えていた神狼。今は結界に守られたとある神社で、主との再会を待ち望んでいる。
復讐を誓う転生陰陽師
―芦屋道弥は現代世界で無双する―
JN136885

―九尾《きゅうび》― 莉世《りぜ》
冷酷なる九尾の狐。かつて道満に調伏されるも、主の死後は白光山に眠り、訪れる陰陽師を返り討ちにしている。
「こんな弱っちい小娘のどこが良いのかしら」
夜月《やつき》
並外れた霊力を宿す女陰陽師。道弥を師と仰ぎ慕っているが、二人の間には歴史的な因縁が立ちはだかる。
「あんたみたいな性悪が道弥の好みとは思えないけど」

復讐を誓う転生陰陽師
—芦屋道弥は現代世界で無双する—
［著］藤原みけ
Mike Fujiwara
［画］荒野
Araya

contents

序章　裏切りと転生

「どうしてこんなことを……答えろ、晴明《せいめい》！」

俺は血塗《まみ》れでぴくりとも動かない妹を抱きかかえ、目の前の男に叫ぶ。

平安の京の都《みやこ》。都のとある屋敷が今、業火に包まれている。そこら中から悲鳴が聞こえ、今も一人、また一人と人が殺されていた。

「道満《どうまん》、芦屋《あしや》家は少し大きくなりすぎたね」

安倍《あべの》晴明は冷めた目で俺を見下ろしていた。純白の狩衣《かりぎぬ》は返り血で真っ赤に染まっている。その横には使役されている真っ赤な大鬼が、佇《たたず》んでいた。

「そんな理由で、皆を殺したのか……」

俺、芦屋道満は掠《かす》れた声で、なんとか口に出した。

俺はなぜこうなったのか、今日の出来事を思い出す。

陰陽師《おんみょうじ》を知っている者で安倍《あべ》家と芦屋家を知らない者はいない。

俺と晴明は幼い頃から互いに切磋琢磨《せっさたくま》する仲で、一族での付き合いも長い。今日も安倍家の屋敷に晴明から誘われ一族総出でやってきた。

若いが、既に当主となっていた俺たちは上座で酒を飲みかわす。

「なあ、晴明。今、京では俺とお前、どっちが強いのかが話題らしいぞ」

俺は晴明のお猪口《ちょこ》に酒を注ぐ。

「そりゃあ、僕でしょ」

晴明は笑いながら、酒を呷《あお》る。

「お前はまたそうやって、冷静に言いやがる。俺に決まってんだろ！」

「式神の数も僕の方が多いからね」

「数より質よ」

「実際に今、僕とまともに戦えるのは道満、君くらいだろうね」

晴明が俺のお猪口に酒を注ぐ。

周囲を見渡すと、芦屋の皆も酒によりすっかり出来上がっており、上機嫌で騒いでいる。

「いつか俺たち安倍家と芦屋家で京を、そして日本を平和にできたらいいな」

俺は酒が入っているからか、珍しくそんなことを口にしてしまった。

俺は本気で、俺たちなら日本を妖怪から守れると信じていた。

「そうだね」

晴明は整った相貌で、微笑《ほほえ》むように言った。

その時、轟音《ごうおん》が外から響く。

「なんだ、妖怪の敵襲か？　それともどこかの陰陽師一族か⁉」

突然の状況に周囲が混乱に陥る。

だが、俺は全く恐れていなかった。

「俺たち二人のいる屋敷に攻め入るなんて、馬鹿な野郎だ」

立ち上がろうとする俺を、晴明が制する。

「いや、うちの屋敷での不手際だ。うちが処理をしよう。お前たちは座っていてくれ」

晴明は立ち上がると、式神を召喚する。

「頼んだぞ、晴明」

晴明は頷《うなず》くと、そのまま宴会場から出て、外へ向かっていった。

屋敷中から妖力が感じられる。

中々の規模の襲撃のようだ。

「道満様、大丈夫でしょうか？　うちも援護した方が……？」

部下たちが尋ねてくる。

「必要ない。晴明が負ける訳がない」

少しすると、轟音が再び響き、安倍家の者が宴会場に顔を出す。

「すみません、お騒がせいたしました！　妖怪は全て祓《はら》いましたのでご安心ください！」

「当然よ」

俺は一息つくと、先ほど注いでもらった酒を呷る。

その瞬間、影から伸びた何かに俺は胸を貫かれた。

「うっ⁉」

俺は口から血を吐くと、その場に倒れ込む。

何にやられた⁉

「やっと隙を見せてくれましたね」

そう言って、陰から目の前に現れたのは晴明の使役する一二神将《じゅうにしんしょう》の一柱『天空《てんくう》』である。

霧や黄砂を操る土の神で、一二神将の中で最も卑しい性質を持つ人型の式神だ。

晴明は神の如《ごと》き一二柱の式神『一二神将』を使役し、最強の名を得た。

なぜその天空が俺を襲った？

疑問が俺の頭を埋め尽くす中、宴会場の壁がぶち破られる。

壁の向こうから現れたのは大量の安倍家の式神である。

楽しい宴会が一瞬で戦場へと変わる。

俺は胸を押さえながら、護符を取り出すも、視界がぼやける。

「何が目的だ？」

「さすがは道満様。明らかに致命傷な上、毒まで盛ったのにまだ意識がありますか」

「答えになっておらんわ！」

俺も負けずに式神を召喚する。

だが、結局俺が既に致命傷を負っており十分に戦えず、芦屋家は瞬く間にやられていった。

息も絶え絶えの俺の元に晴明が歩いてきた。

「都は安倍家だけで十分だ。芦屋家は不要。特に道満、君だけは殺さないとね。僕と肩を並べる、君だけは」

「俺は、お前を信じていた！　お前を実の兄弟のように思って……だが、それは間違いだった！」

呼吸が苦しい。先ほど受けた傷は深い。もう長くはないだろう。

「……僕は君をそのように思ったことはないよ」

「お前は今、ここで俺を殺して終わりだと思っているだろう？　だが、俺は必ず戻ってくるぞ！　何をしても、輪廻《りんね》転生をしてでも必ず、お前を殺してやる！」

憎い。俺の家族を、友を、全てを奪ったこの男が。俺は充血した目で、自分を殺す男を睨《にら》みつける。

「迷いごとを……さよならだ」

晴明の言葉を受け一〇尺はある大鬼が、金棒を俺の頭上に振り下ろす。

俺はその直前、昔学んだ輪廻転生の呪《しゅ》を唱える。

俺の頭は金棒に叩《たた》き潰され、意識はそこで途絶えた。


赤子の悲鳴が聞こえる。

目が中々開かない。ようやくぼんやりと開いた目の先には、全く知らない景色が広がっていた。

ここはどこだ？　目が悪いのかよく見えない。

それはどうでもいい。俺はまだ生きていたのか！

生きているのなら、まだ戦える。必ずや晴明を殺し、一族の復讐《ふくしゅう》を果たさなければならない。

だが、逸《はや》る気持ちとは裏腹に、体は動く気配がない。

どういうことだ？　俺の体、小さくないか？

ぼんやりと見えるのは、赤子のような手と、見知らぬ古い木造の天井だけだった。

そして自分の意思と反して発される泣き声。

もしかして、本当に輪廻転生が成功したのか？

昔読んだ書物に書いてあった怪しい呪がまさか成功するとは夢にも思わなかった。

そこで当然の疑問が思い浮かぶ。今は天暦《てんりゃく》何年だ？

もし、一〇〇年も先に転生していては復讐相手はもういない。

絶望に染まる俺の元へ、襖《ふすま》の奥から若い女と齢《よわい》三〇程度の男がやってくる。

「どうしたの、道弥《どうや》？　またミルク？」

「元気なのは、良いことだ」

男は俺を抱きかかえると、ぽつりと呟《つぶや》く。

「この子には陰陽師の才能はあるのだろうか？」

心配そうな声色だった。

「また貴方《あなた》は……いつも同じことを言って。私はどちらでも構いませんよ。だってこんなに可愛《かわい》いんですから」

優しい声色だった。本気で俺を愛しているのが伝わってくる、温かい声。

「そうだな……芦屋家を背負わせるのも酷か。今は陰陽師以外の生き方も……」

そう言いながらも、男の声は悲しそうだ。

「そんな顔をしないで、今はこの子が生まれたことを喜びましょう」

おそらくこの二人が父母なのだろう。

父母の穏やかな会話とは裏腹に、俺はただ今が平安であることを祈っていた。

転生からはや一カ月。俺は話せないために、目や耳から必死に情報を集めた。

そして遂に最も知りたい情報を得る。

時は平成《へいせい》。俺が死んでからおそらく既に一〇〇〇年近くが経過している。

想像もつかない事実だった。

だが、ここがもはや平安ではないことはうすうすと感じていた。

居間には、小さい人間が動き話す謎の箱『てれび』があり、『でんき』という力で家は二四時間明るく照らされている。

夜は月明かりに照らされ、書物を読んだ俺からすると、この世界は明らかに平安ではなかった。

一〇〇〇年とはかくも文明を発展させるのか……とぼんやりと考える。

もう晴明はいないのだ。

どす黒く煮えたぎるような奴《やつ》への憎しみも全て行き場を失った。

自分の悲しみを表現するかのように自分の喉からは泣き声が響き渡る。
俺はなすべきことを失った。一族の復讐ももう行き場はない。

第一章　罪なき子

「よしよし。少し家の中を歩こうか」

母に抱きかかえられ、家の中を回る。

母の名は芦屋由香《ゆか》、綺麗《きれい》な黒髪を後ろで一つ結びにしている。透き通るような白い肌に、大きな瞳のせいか若く見える。

父の名は芦屋悠善《ゆうぜん》、陰陽師をしている。苦労しているせいか年の割に老けており、母に比べて随分年上に見える。そしてどこか冴《さ》えない風貌をしていた。

俺は情報を得るために家の中を見渡す。

この家は築一〇〇年は優に超えていることがわかるくらい年季が入っていた。

だが、手入れは行き届いており、大切に使われていることが伝わってくる。

居間の柱にはひらがなが書かれたつたない名前と共に、横線が引かれていた。おそらく子供たちが身長を測っていたのだろう。

「あら？　道弥も測りたいの？　もう少し大きくなったら測ろうね」

母は俺の視線に気づいたのか、そう言った。

「この家は一二〇年以上前に建てられたのよ。この傷一つ一つから人が生きた証《あかし》が感じられる。だから私、古いけどこの家が好きなの」

母はそう言って笑う。

芦屋家の歴史がこの家には刻まれているのだろう、所々に陰陽師の道具が置かれている。一〇〇〇年の時を経ても、陰陽師という職は存在しているらしい。周囲からは妖怪の気配も感じられる。未《いま》だに陰陽師として人は妖怪と戦っているとは驚きだ。

現代の技術は相当上がっている。その武器を使おうとも、陰陽師は淘汰《とうた》されなかったのか。

そんな少ない情報でもわかることがある。芦屋家の立場の低さだ。

芦屋家の家系が絶たれることはなかったようだが、陰陽師としての立場は底辺も底辺をさ迷っている。

玄関が開く音が家の中を響いた。

「ただいま」

父の声だ。

そして、その後にすぐもう一人の野太い声が響く。

「おい！　明日までに三人分の護符を用意しておけよ。裏切者の芦屋家を使ってやってるだけありがたく思え。うちの家を裏切ったんだ、それくらいはしねえとなあ」

「……はい」

父を怒鳴っているのは、安倍家の男、安倍鉄平《てっぺい》。まだ二〇歳ほどだろうか。ガタイが良く、陰陽師というより野盗《やとう》のような男だ。

「返事だけだぜ、お前はよ」

鉄平は父の腹部を蹴ると、玄関に唾を吐いて去っていった。

父は、鉄平が去っていった後小さくため息をついた。

母は父の近くに駆け寄る。

「大丈夫、あなた？　先祖のことで、なんで私たちまでこんな目に……」

母が悔しそうに言う。

「由香、ご先祖様は何一つ悪いことはしていない。芦屋家は現在、安倍家を裏切った裏切り者として陰陽師界で爪弾《はじ》きにあっているが、それは全てでたらめだ。安倍家に裏切られ敗北した後、裏切者の汚名を着せられた。私は祖父母からそう聞いている。ご先祖様もまた被害者なんだ」

「そうね……ごめんなさい。けど、毎日嫌がらせを受けている貴方が不憫《ふびん》で……他の仕事でもいいんじゃない？」

母はそう尋ねる。

だが、父は首を横に振った。

「すまない、私はまだ陰陽師でいたい。私は四級陰陽師でとても一流とは言えないが、昔の芦屋家は今の安倍家のように一流の陰陽師も多かったらしい。芦屋家を再興するという夢が未だに捨てられないんだ。君には迷惑ばかりかけて申し訳ないが」

「私は、貴方がいいならいいんだけど」

「私が頭を下げることで、君と道弥が生きていけるのならいくらでも下げるさ。だが、道弥まで今のような扱いを受けると思うと……やりきれんな」

「道弥には自由に生きてもらいましょう。私たちの子だもの、きっといい子だわ」

「ああ。間違いない」

そう言って、父は笑った。

俺は今ほど赤ん坊の体を呪ったことはない。

煮えたぎるほどの怒りをどこにもぶつけることができない現状が憎かった。

あの日、裏切られたのは俺たち芦屋家だ。呼ばれた宴会で、式神を使われ殺された。なのに、現在芦屋家は裏切者としてどこに行っても後ろ指を指されている。

こんなことがあっていいのか?

どこまで卑劣なのか。

歴史とは勝者が作るもの、といわれているが負けた者は弁明の機会すら与えられないのか。

その汚名という名の呪いは一〇〇〇年以上経《た》った今も、芦屋家に付き纏《まと》っている。

俺が、あの日勝っていれば……芦屋家の立場はこのようなことになっていなかっただろう。

俺が弱いから。晴明にあの日負けたから。

実力では負けていなかった。

奴の行動が信じられなかったのだ。

奴を信じていたから……不意打ちを食らってしまった。

そんな馬鹿な自分が情けなかった。

泣き声は、俺の心を表すように屋敷中に響き渡っていた。

俺が無気力になっても、日々は回る。

父は安倍家の若造の嫌がらせにも負けずに、懸命に働いていた。いつか、芦屋家が再興する日を夢見て。

母も、その父を支えていた。

無気力になっている俺とは対照的に。

母が玄関前で俺を抱いている時に、父と鉄平がやってきた。

「お前が使えねえから、護符を一枚余分に使っちまっただろ！　その分、支払い減らすからな！」

鉄平が父の頭を殴る。

「す、すみません」

父はそれに耐え、へらへらと笑いただ頭を下げる。

そんな父を見るのが忍びなく、俺は目をそらす。

いつもであれば父に嫌がらせをしてすぐ帰るのだが、その日は珍しく鉄平は俺に目を向けた。

「これがお前の子か。裏切者の、穢《けが》れた血を引いたガキだな。可哀想になあ。陰陽師になるのはやめた方がいいぜ。才能がねえからよ！」

と俺を見て嘲《あざ》笑う。

子への侮辱を聞いた母が、鉄平を睨みつける。

「うちは……裏切ってなどいません！　裏切ったのは貴方たちでしょう！」

それを聞いた鉄平の顔が怒りに歪《ゆが》む。

「ああ！　言うに事欠いて、俺たち安倍家が裏切者だあ!?　裏切者のお前たちを殺さずにおいてやってる俺たちを侮辱するたあ、いい度胸だ。てめえ、ぶち殺してやる！」

鉄平は拳を握りしめると、そのまま母の顔に振り上げる。

「やめろ！」

その拳は、父がその手で受け止めた。

「うちの妻に何をする！　もう帰ってくれ。これ以上、うちの者を傷つけようとするのなら相手になるぞ？」

いつもであれば、笑って誤魔化す父が鉄平を見据えていた。

だが、その態度も鉄平の癇《かん》に障ったらしい。

「女の前だからって、おっさんが粋がりやがって！　中鬼《ちゆうき》、このおっさんに身の程を教えてやれ！」

鉄平は懐から護符を取り出すと、中鬼を召喚した。

中鬼は金棒を持った人間サイズの鬼である。力も人とは比べものにならず、ただの喧嘩《けんか》で出すような妖怪ではない。

何を考えているんだ、この男は！

俺は信じられなかった。

母の顔が恐怖で歪む。

「大丈夫だ、由香。中に入りなさい。結界よ、我が身を守れ」

父も懐から護符を取り出すと、結界を張る。

その結界に、中鬼が金棒を振り下ろす。

金棒と結界がぶつかり、鈍い音が屋敷に響く。
二、三発、金棒が叩き込まれ、遂に結界が砕かれ、そのまま父はその衝撃で振り飛ばされる。
「あなた！」

母が悲痛な悲鳴を上げる。

だが、その様子を見ても鉄平の怒りは収まらなかったらしい。

「ゴミが俺に逆らうからこうなるんだ。愚かな馬鹿にはお灸《きゅう》を据えてやらねえとな。熱いやつを！」

鉄平は邪悪な笑みを浮かべて、護符を持ち呪を唱える。

この男、どこまでするつもりだ!?

「火行《かぎょう》・鳳仙火《ほうせんか》！」

鉄平の護符から無数の火の玉が放たれ、父や家の至るところに当たった。

この家は木造だぞ!?

「や、やめてくれ！」

火の玉のいくつかが家の柱に引火し燃え始める。

「ハハハハハ！　これはごみ処理だ。汚ねえ芦屋家の屋敷なんてなくなったって誰も困らねえからよ！」

家が燃えている様を見て鉄平は笑っていた。

「由香、水を！」

「はい！」

父は火を消そうと、必死で近くの毛布を取ってきて当てていた。

だが、母の持ってきた水をもっても消すことは叶《かな》わない。

「由香、道弥を連れて逃げなさい！」

その様子を見た父が決断する。

「でもあなた……家が！」

「早く！　私もすぐに向かう」

母は俺を連れて外に出た。

既に家は大きく燃えている。

母は、燃える家を見て静かに泣いていた。

少しして、家から煤《すす》まみれの父が出てきた。その胸には先祖の骨壺《こつつぼ》が抱かれていた。

しばらくして大きな音を鳴らす赤い何かが到着し、放水を開始した。

他の家への延焼は免れるだろう。だが、我が家は……。

結局、消火活動が終わった後は半焼した家だけが残った。

「あんまりよ……」

母は俺を抱いたまま泣き崩れた。

少し遠くで、紺色の立派な服を着た男と鉄平、陰陽師服を着た男が話している。

「何があったか、伺ってよろしいですか？」

「この家で妖怪が出たんです。できる限り周囲に被害が出ないように戦っていたのですが、誠に申し訳ありません」

鉄平はさっきまでの横柄な態度を隠し、頭を抱えながら反省したふりをしているようだ。

それを聞いた父が、鉄平の元へ詰め寄る。

「ふざけるな！　この男が家を焼いたんだ！」

「すみません。戦闘のためやむを得ず。私が燃やしたようなものです……」

しおらしく謝る鉄平。

「いえ、陰陽師の方が戦闘時、民家に被害があるのはよくあることなので」

「妖怪なんていませんでした！　こいつが悪意を持って、私の家を燃やしたんだ！」

父の言葉を聞いた警官と呼ばれている者は首を傾《かし》げていた。おそらく妖気を感じ取ることができず、判断できないのだろう。

そこにもう一人の陰陽師の男が割って入る。

「どうもこの方は家を焼かれたショックで動揺しているみたいです。ここからは確かに妖気が感じられます」

その一言で鉄平の肩を持つ安倍家の者であることがわかる。

「大嘘《うそ》を……」

「この人はまだ未熟で、感知できないのかもしれません。なんせ、芦屋家なので」

「ああ……。わかりました。お話ありがとうございます」

警官と呼ばれていた男はそのまま去っていった。

話の流れ的に、鉄平にはお咎《とが》めなしなのだろう。

見物人たちも皆帰った後、父は半焼した家を見ながら呆然《ぼうぜん》と立ち尽くしていた。

その肩を摑《つか》み、鉄平が笑う。

「これで懲りただろう？　うちに逆らうからこうなるんだよ、馬鹿が」

鉄平はゲラゲラ笑いながら、去っていった。

「なぜ、家まで……。なぜこんな酷《むご》いことができるんだ！　安倍家は俺たちから全てを奪わないと気が済まないのか！」

あまりにも非道。

一〇〇〇年後も未だ虐げられる運命なのか？

いや、違う。

今度は失敗しない。

俺が必ず安倍家に復讐を、そして芦屋家の再興を果たす。

安倍鉄平か。その顔覚えたぞ。

晴明への憎しみは未だ晴れずとも、今奴はいない。

俺が敗北したせいで、子孫たちが苦労しているのだ。

一〇〇〇年で随分安倍家と差がついたようだが。なんとしても再び最強の芦屋家を取り戻す。

そして、我が芦屋家を裏切った上に裏切者の烙印《らくいん》を押した安倍家には、必ず然《しか》るべき報いを受けさせる。

俺の心に小さな火が灯《とも》った。

現実の俺は赤ん坊。

まずは全盛期の力を取り戻すことから始めるべきだろう。

現在の霊力は全盛期の一分《いちぶ》（一パーセント）ほどしかない。

今俺の体からは二種類の霊力を感じる。

前世である道満時代の霊力、イメージとしては蒼《あお》の霊力。

そしてこの体に元々宿っていたであろう霊力、イメージとしては赤の霊力だ。

だが、蒼の霊力はほとんど感じられず、今感じられるのはほぼ赤の霊力だ。

前世の蒼の霊力が十分に戻りさえすれば理論上、前世より高い霊力を持つことも可能なはず。

今は赤ん坊、霊力を増やす特訓をすべきだろう。

基本的に陰陽師は霊力を消費することで式神を使役し、護符を作成し、結界を張る。陰陽師の仕事は霊力なしには成り立たない。

霊力が低くても勿論《もちろん》戦えるが、霊力が高いに越したことはない。

では霊力の増やし方とは？

それは簡単で、限界まで霊力を使いきる。それだけだ。

平安時代の陰陽師は子供にまず毎日限界まで霊力を使いきるように伝える。使いきり、霊力を回復する過程で少しずつ限界値が増えていく。二〇歳までは霊力は伸びやすいといわれており、名家はいかに小さい頃から霊力の使いきり方を教えるかに躍起になる。

さすがの俺も零歳から霊力を使いきる子は見たことがない。

もし、零歳から毎日行った場合、果たしてどれほどの霊力を得ることができるのか想像もつかない。

それに、転生前の霊力が合わさったら？

前回の人生より、高い霊力を持てばきっと陰陽師の頂点に立つことも可能だろう。

今の俺には護符もなければ、式神もいない。

俺はぼんやりと考える。

わかりやすい霊力の消費方法は式神召喚と護符作成である。

とはいえ、赤ん坊の身ではそれは厳しい。

俺は結局結界を張ることにした。

体を包むように結界を展開する。

基本的に結界や陰陽術を発動させるには、護符を媒体に呪を唱えるのが一般的だ。

だが、高度なイメージと適切な霊力消費さえ行えば、呪を唱えずとも発動は可能だ。

今、俺の体のすぐ周りには鉄を超える硬度の結界が展開されている。

俺は将来のために、霊力を消費する。芦屋家の再興のために。

俺が赤ん坊での霊力増強のための特訓を始めて早五年が経過した。

この体に元々宿っている赤の霊力は全盛期の二割ほどまで増加した。

だが、前世の霊力である蒼の霊力は全く増加していない。

「二割あれば、十分戦えるか」

俺は日課となっている霊力消費を終えた後、そう呟いた。平安時代であれば既にほとんどの陰陽師より高いだろうが、現代ではどうだろうか。今の陰陽師事情がわからない。

「道弥、今日の『陰陽師TV』が始まりましたよ！　おいで！」

ハイテンションな母の声を聞き、俺は居間へ向かう。

五年前の放火のせいでうちの家は半分以上が焼け落ちている。

かといって新築する金がないため、居間など最低限だけ補修してもらいなんとか生活している状態だ。

テレビには陰陽師について質問する若いアイドルの女の子が映っている。

「正直、陰陽師の階級ってどうなってるかよくわかりません〜」

アイドルの言葉に反応して、陰陽師ルックである狩衣を羽織った若い男が答える。

「陰陽師の階級は一級から五級まで五階級あります。最も高いのが一級で、それは現在日本には七人しかいないんですよ。二級も八〇人ほどしかいません。三級になると九〇〇人くらいまで増えるんですが、それでも陰陽師全体の一〇パーセントくらいです。上位一〇パーセントの一級から三級までが上級陰陽師と呼ばれていて、強い妖怪はだいたい三級以上が倒しているんです」

若い男はにっこりと笑って説明する。

「なるほどー。町とかでたまに見る妖怪は六級妖怪って聞きましたけど、六級陰陽師はいないんですねえ」

「良い質問ですね。昔は六級妖怪を退治する六級陰陽師もいたんですが、廃止されたんですよ。六級妖怪などは普通の方でも倒せるものが交じってますから。陰陽師の平均レベル向上のために一般の方では絶対に倒せない五級妖怪以上を単独で倒せるような陰陽師のみ、陰陽師免許をもらえるようになったんです」

「へえー。知りませんでした！」

テレビではアイドルと若い陰陽師が、陰陽師や妖怪について話している。

今世で五年過ごして驚いたのが、妖怪の日常化である。平安より妖怪の数が増えた結果、陰陽師も人前に出ることが増えたようだ。

昔は名乗った者勝ちだったが、今は免許制になっているらしい。

だが、妖怪の数に比べて陰陽師は少ないのが現状で、妖怪との生存競争に敗れ放棄された土地もあるようだ。

「お父さんは四級陰陽師だけど、三級には中々上がれないとよく言ってるわねえ。やはり三級は少ないのね」

母はちゃぶ台の上に置いてあった煎餅をかじりながら、呟く。

「まあ、頑張ってるから」

俺も煎餅を食べながら返す。

「道弥も家で陰陽術の練習ばかりしてないで、お友達と遊んでもいいのよ?」

母が心配そうに言う。

母が言うことももっともで、俺は幼稚園というところに通っているが、友達と言える者はいなかった。

そもそも中身は大人なのに子供たちと仲良くするのも難しいし、何より過去の経験から人を信じられなかった。

今、俺が心を許せるのは両親だけだ。

特に大人は裏切るのでは、という考えが頭をよぎる。

「楽しいんだ。だから大丈夫だよ」

父に嫌がらせをしていた鉄平は三年前に関西に出向したらしく、父の顔色も良い。

だが、我が家には最近ほとんど仕事がなかった。

芦屋悠善陰陽師事務所と家の前に看板を立てかけてはいるものの、仕事が来ない。芦屋家の悪名はすっかり全国的なものらしい。

陰陽師免許を発行している陰陽師協会からもらえる仕事でなんとか生活している。

「仕事は皆、安倍家に取られるし。陰陽師ですらブランド力が必要なのね」

うちに全ての罪を擦《なす》り付けた安倍家は分家を合わせると、一〇〇〇人を超える。どこの都道府県にも安倍家の陰陽師事務所があるほどだ。

一方芦屋家で今陰陽師をやっているのはうちのみ。

圧倒的知名度の差だった。

「帰ったぞ、由香」

後ろから父の声が響く。どうやら協会から戻ってきたようだ。

父は依頼がない日は、協会に護符を納品している。それでお金を稼いでいるのだ。

「おかえりなさい。少し早いですけど、ご飯でも食べますか？」

「いや、まだいいよ。それより道弥、今日も陰陽師の訓練をしようか」

「はい！」

俺は元気よく返事する。もう陰陽師の訓練を行って二年が経過しようとしていた。

子供に陰陽師の訓練を行うのは、どこも三歳くらいからだ。

それより幼い子供に霊力云々《うんぬん》言っても意味がないだろう。

正直三歳でも理解できる子の方が少ない。感覚的なもので、霊力の消費方法だけでも親は必死に教えるというのが陰陽師教育だ。

霊力の消費のために、物への霊力注入は既に父から習っている。和紙や水に霊力を注入し霊力を消費させることにより、霊力の底上げをする。

これは平安時代から変わらない。

この二年間に、和紙への霊力注入方法については学んでいた。

「今日は本格的に護符の作成を行う。これが使用する和紙と墨だ」

父はそう言って、護符用の和紙と朱墨《しゅずみ》を取り出す。墨からはほのかに霊力を感じる。良い聖水で溶かれたことがわかる。

「字についてだが、今回は守護護符の呪を書いてもらう。今日は日柄も良い。風呂に入って、体を清めてきたら、早速始めよう」

「わかりました」

父にそう言われ、俺は風呂に入る。

護符の作成は一般人が思っているよりも重労働である。まずお日柄や時間を気にしなければならない。

そして、潔斎《けっさい》によって体を清め、祈願により心を清める。

他には、場所や和紙、墨、筆、全ての影響を受け護符の質は決まる。

一流の陰陽師が全てを揃《そろ》え作成する護符は、平安時代では家よりも高い値段で取引されていたものだ。

それにしても五歳で守護護符作成は早すぎるだろう。普通じゃ無理だぞ、と俺は笑う。

まず呪として書く漢字は普通五歳では覚えていない。だが、なんでもすぐに覚える俺に、父は遂に護符用の漢字まで教え始めたのだ。

自分が何か覚える度に喜ぶ両親を見ると、俺も嬉《うれ》しくてなんでも披露してしまった。

子供じゃないと疑われても仕方ないな。

俺はそう思いながら体を洗い流す。

そして、子供用の狩衣を羽織り和室へ向かった。

「道弥、ではまず私が見本を書く。それを見て書いてみなさい。墨に霊力を乗せて和紙に刻むように書くんだ」

父は畳の上に正座すると、毛筆を朱墨につけ和紙に呪言《じゅごん》を書いていく。

丁寧な筆運びだった。達筆で、何度も書いてきたことが伝わってくる。

墨を通して霊力が和紙に籠もる。

宿った……。良い集中力だ。

教えてもらっているはずの俺だが、まるで審査するように父の符呪《ふじゅ》を見てしまった。

書き終えた後、父は小さく息を吐くと額の汗を拭ってこちらへ顔を向ける。

「道弥、書いてみなさい。おそらく初めは護符としては使い物にならないものしかできないだろう。だが、毎日挑戦することが大事なのだ。私が護符の作成に初めて成功したのは

「三歳の頃で……」

俺は父の長い話を無視して正座し、机に向かう。

護符作成なんて、久しぶりだな。昔はよく書いたが……。

俺は毛筆を握ると、邪念を全て捨て去る。

毛筆を朱墨に浸し、筆に霊力を込める。そして、護符に一文字一文字丁寧に呪を刻んでいく。

文字を書ききった時、そこにはとてつもない霊力の籠もった守護護符が完成していた。

やりすぎたかもしれない……。

久しぶりの符呪で加減がわからなかった。

父は俺が作成した護符を見て、唖然《あぜん》としている。

護符には達筆な字で呪が刻まれていた。

「字……上手《うま》いな」

「ま、毎日頑張りました……」

苦しい気がする。こんな字、子供が書くだろうか？　自分でも突っ込みたくなる。

「毎日、父さんの護符作成を見ていましたから！　それのおかげです！」

「けど、俺より達筆な気が……」

「それは父さん、親馬鹿というものです。誰が見ても、父さんの字の方が上手いですよ！」

「それに初めての符呪なのに成功しているじゃないか……」

父は恐る恐る俺の作成した護符を見つめる。

「なんだ……この護符は……」

やばい。明らかに多くの霊力が籠もっている護符を見て、父の声が震えていた。

この護符を持っていかれては面倒なことになる。

「もっと上手く書ける気がする！」

俺は両手に霊力を込め、無理やり護符を破り捨てた。

「馬鹿っ！　何をしている！」

父は突然の俺の行動に、大声を上げる。

父は呆《あき》れたようだが、やがて優しく笑う。

「上手だったぞ。まさか初めての符呪を成功させるとは。さすがは俺の息子だ」

父はそう言って、俺の頭を優しく撫《な》でた。

「これからは紙に呪言を刻み、霊力を消費しなさい。それが陰陽師への近道だからな。陰陽師の仕事は護符や結界だけじゃない。妖怪と戦うことも多い」

「はい」

「妖怪と戦うためには、護符や呪も勿論有効だが、他に何があると思う？」

「妖怪を調伏《ちょうぶく》し、式神として使役して戦わせます」

「そうだ。私も中鬼を調伏しているが、中鬼は戦闘力も高い。妖怪はいくらでも調伏できる訳ではない。数が多いほど、術者の負担になるため、少数に絞らなければならない」

妖怪として一番オーソドックスなものはやはり鬼だろう。

子供くらいのサイズで、小さい小鬼は六級妖怪。大人の人間より大きい中鬼は四級妖怪。五メートルを超えるサイズになると、大鬼と呼ばれ二級にまで上がる。

「承知してます」

「陰陽師はやはり呪を唱えている間、隙だらけだからな。式神に身を守ってもらい、ともに戦うように」

「それは、陰陽師相手でもそうですよね？」

俺は父に尋ねる。俺の相手は妖怪だけでなく、陰陽師の可能性もある。

「……そうだな。人間相手もなくはないが……その場合はどうしたらよいと思う？」

「敵の式神を破壊するか、直接陰陽師を狙います」

「ああ。だが、式神は倒しても、陰陽師が霊力を再度消費すればいつかは復活する。勿論等級や種類によって、再召喚時間は異なるが。他人の式神を奪えると思うか？」

式神は陰陽師と契約している限り殺されても復活してくる。それが式神の強みであり、敵に回った際最も厄介な部分だ。だが、高位の式神は破壊後再召喚までに時間がかかる。魂の修復に時間がかかるのだ。

「可能です」

「よく勉強しているな。理論上は相手の式神を奪うことは可能だ。相手と、相手の式神の契約を破棄させ、その上でこちらが解放された妖怪を調伏する。だが、戦闘中にそのようなことをするのは不可能だ。よっぽど実力差がないと、契約破棄などできない。現実は式神破壊後、再召喚までの時間に陰陽師を狙うことになるだろう」

「わかりました」

「まあ、道弥が妖怪と戦うのはまだまだ先だ。ゆっくり覚えていけばいいさ。それに無理してやることもない」

こうして、この日の父による訓練は終わった。

朝、人の声で目を覚ます。

この家に来客など珍しいな、と思いながらも体を起こす。

玄関に顔を出すと、何度か見た婆さんが立っている。

「はい。こちらが護符です。しっかりと前と同じ場所に貼ってくださいね」

父が護符の束を婆さんに渡す。

「本当にありがとうねえ、悠善さん。もう近くの陰陽師も皆引退してしまって駄目かと思うたわ。けど、本当にええんか?」

婆さんは拝むように父に感謝を告げる。

「大丈夫ですよ。しっかり儲《もう》けもありますから」

「なら、ええんじゃが。坊や、おはよう」

婆さんがこちらに気づき、声をかけてきた。

俺は無言で頭を下げると、居間へ戻る。

「道弥、挨拶くらいしなさい。すみませんねえ」

「ええんじゃよ。あの年は照れ屋なもんじゃ」

婆さんは護符の束を受け取ると、そのまま帰っていった。

仕事を終え、居間に戻ってきた父に尋ねる。

「あれ、儲けあるの？」

明らかに護符の枚数に比べて、もらった額が少なかった。

父は俺から目をそらす。

「……ない。原価だ、ほぼ」

「そんなことだと思ったよ。なんでそんなことを？　うち、ただでさえ金がないのに」

「それを言われると……すまない。あのお婆さんが住む地域は妖怪がよく生まれる危険地区でな。護符がないと、家の中でも妖怪が生まれてしまうようなところなんだ。あのお婆さんの家じゃ、定価だとそんなに頻繁に護符なんて買えないんだよ」

「そうだったんだね」

そんな事情を聞かされると父を怒りづらいな。

「お婆さんからすれば亡くなった夫や、子供たちとの思い出が詰まった家なんだよ。たとえ危険でもね。私もこの家が大切だから、よくわかるんだ」

父はそう言って、柱に触れる。

あの日、家が燃やされても父はこの家から出なかった。物にはその物の価値以上のものが時に宿るのだ。

「事情はわかったよ。けど、お金も大事だからね」

と俺はにっこりと笑う。家計は正直火の車だった。借金すらあるんじゃないかと俺は思っている。

「うう……わかっているさ。今日も協会に行こうかな？」

父は逃げるように家を出ていった。

しばらくして、台所から母が顔を出す。

「あら、お父さんは？　お弁当まだ渡してないのに」

「俺が渡してくるよ」

「大丈夫？」

「大丈夫、大丈夫」

心配そうにする母をよそに、俺は弁当を持ち陰陽師協会へ向かった。

陰陽師協会は東京に支部がいくつもあり、その一つは我が家から徒歩二〇分ほどだ。

堅牢《けんろう》なコンクリート造りはいざという時に、避難所として機能させるためだろう。

自動ドアを通り抜け、中へ進むと手続を行う父の姿があった。

陰陽師の仕事は協会を通さずに各陰陽師事務所に直接依頼することが多い。

値段は相場はあれど、自由につけることができるため人気の事務所だと金額も高くなる。

だが、現実は妖怪の被害に遭っても金額の問題で事務所に依頼できない者も多い。

そんな人のために特定の条件を満たす場合、陰陽師協会に相場よりも安く依頼ができる。

それが国選依頼。

そんな事情のため、国選依頼は相場よりも儲けが少ないためあまり人気がない。

そのため受付にも父の他に誰もいない。

「悠善さん、いつもありがとうございます」

「こちらこそ、いつもお世話になっております」

父はすっかり常連のようだ。

依頼を確認し、手続を終える。

声をかけようと動いた時、父に声をかける二人の陰陽師がいた。

「悠善さん、お久しぶりです」

若い男が丁寧に頭を下げる。

「久しぶりだね。仕事かい?」

「はい。悠善さんも依頼のようですね」

「というか、まだ陰陽師やってたんだ?」

もう一人の男が笑いながら言う。

「おい、失礼だろ」

若い男が同僚を注意するも、もう一人の男は気にする様子はない。

「おいおい、まだ現役だぞ。ハハハ」

父は笑いながら答える。

「また国選の仕事っすか？　もはや国選専門陰陽師じゃないっすか！　まあ、芦屋家なら
それでも十分か」

「大事な仕事だ」

「悠善さん、すみません。おい、もう行くぞ！」

若い男は頭を下げた後、同僚を引っ張ってその場を去っていった。

父は笑顔で手を振って見送った後、一人になった瞬間ため息をついた。

「父さん、弁当」

俺の言葉を聞いた父が振り向くと、ばつが悪そうに頭を掻《か》いた。

「ありがとう、道弥」

「お仕事、頑張ってね」

「……ああ！」

父は俺の言葉を聞き、笑顔で頷いた。

父は普段から馬鹿にされているのだろうか。だが、そんな様子を家で見せない父を尊敬
した。

「道弥、友達はできたか？」

その夜、皆でカレーを食べている時、父が突然尋ねてきた。

「要らない」

これは割と本音だ。裏切られた反動か、未だに家族以外誰も信じられない。

「ふう……明日陰陽師フェスタに連れていってやる。仕事でそこに行くんだ」

なんの仕事をしているんだ、父よ。

陰陽師フェスタってなんだよ、とか突っ込みどころしかない。

「ありがとう」

あまりにも陰陽師がポピュラーになった結果、威厳も失ったのではと思った。

翌日、俺たちは朝から陰陽師フェスタの会場に来ていた。

陰陽師フェスタとは、陰陽師協会が年に一度主催する、陰陽師について知ってもらうためのイベントのようだ。

普段は妖怪退治や結界の展開などで市民と関わる機会がそう多くないため、陰陽師に関する理解を深めてもらうために様々な催しをするらしい。

芦屋家が嫌われているせいか、俺は普段他の陰陽師と関わる機会がない。現代の陰陽師を見ることができる貴重な機会である。

「今日は式神も見られるぞ。道弥も将来式神にしたい妖怪はいるか？」

会場の入り口で父が尋ねてきた。

「別に……思いつかないな」

式神といえば……あいつら元気かな？

あいつらのことだ、まさか祓われているとも思えない。一柱一柱が、かつては国を滅ぼしかねない力を持っていたのだから。

俺は、かつて使役していた式神たちを思い出していた。

「私のお勧めは、やっぱり中鬼だな。数も多く、使役しやすい。戦闘力も四級にしては高い」

父が中鬼を勧めてきた。俺の霊力を考えると、中鬼程度では力不足だが、そうはっきり言う訳にもいかない。

「考えておく」

俺は一言だけ返すと、式神について考える。

今はまだ霊力が足りない。霊力が十分に戻ったら再び探そうか、あいつらを。

周囲が人で埋まっている。

陰陽師という職業に興味のある者がこんなにいることに驚く。

昔は、時代の陰《かげ》という存在だった。だが、今は怪物を倒すヒーローとして地位や名声を得ている。

喜ばしいことだが同時に、陰陽師という職は陰で良かったのではないか、という気持ちもある。

まあ、それは俺が考えることではないか、そう思いながら俺は父とイベント会場に入っていく。

建物の中には、おそらく陰陽師に使役されている妖怪たちがふよふよと浮かんでおり客に手を振っている。

周囲を見渡すと、すぐそばに妖怪と触れ合ってみよう！　というコーナーがあった。

「可愛い――！」

小さい女の子が、手の上に妖怪の猫又を乗せて幸せそうに笑っている。

猫又は日本の民間伝承や古典の怪談にも出てくる妖怪だ。

猫又は山の中にいる獣といわれるものと、人家で飼われている猫が年老いて化けるといわれるものと、二種類いる。

今、あそこにいるのは後者だろう。普通の猫とは尻尾の数で見分けることができる。

猫又は二つの尻尾がある。

その横ではカップルが管狐《くだぎつね》と戯れていた。

管狐は真っ白な毛をした、イタチのような姿をしている。

竹筒の中に入ってしまうほどの大きさなので、管狐と呼ばれているが、厳密には狐というより、イタチの妖怪だ。

「とっても可愛いねえ」

「管狐は六級妖怪なので、術者に大きな負担もなく、お薦めですよ。何より可愛いですから！」

おそらく職員である女性の陰陽師が管狐を推している。背後にある大量の竹筒からして、管狐を大量に使役しているらしい。

「私も習ってみたいなあ」

カップルの女性が管狐を撫でながら言う。

触れ合いコーナーにいる妖怪たちは見た目が可愛らしい妖怪ばかりが集められているらしい。

まあ確かに小鬼ばかり並べても誰一人来ない気がするから正解ではあるが。

「父さんも触れ合いコーナーで、スタッフをするのですか？」

「……メインイベントの誘導スタッフだ」

陰陽師である必要が全くないな。ほぼバイトである。給料を聞くのも怖い。

メインイベントは三級陰陽師が三級妖怪を倒すイベント。普段妖怪と陰陽師が戦う姿など生では見られないから大人気イベントのようだ。

「子供用のイベントもあるから、そこで待ってなさい」

父に連れられた先は、子供とその親が沢山いる謎のスペース。

子供は三歳から八歳程度までの子が、思い思いに遊んでいる。

「ここは、陰陽師家の子供が集まるところでな。陰陽師の友達を作るいい機会だ。遊んできなさい。仕事が終わったら迎えに来るから」

父はそう言うが、中々に居心地は悪そうだ。

「あれ……芦屋家じゃない？」

「あ、本当ね。陰陽師辞めてなかったのね」

とおばさんたちが父を見てひそひそ話している。父はもう慣れているのか、たいして気にせずに俺をここへ置いて去っていった。

現代の陰陽師のレベルを見るためにここに来たが、これでは全くわからん。

することもなく、スペースの中央に目を向けると、小さなステージの上で子供たちが簡易結界を破るタイムを競うゲームをしている。

制限時間は一〇分。その間に、大人が護符を使って作成した簡易結界を破れば成功だ。

次代を担うであろう子供たちは必死に結界を破るために、手を結界に当てている。

俺も昔よくやったなあ、と結界を見つめる。簡易的な五芒《ごぼう》式結界だが、まだ子供たちには難しいだろう。

結界の解除はパズルに近い。霊力を結界に流し、一つ一つ解除していく。

また一人子供が失敗したらしい。

「無理だよー!」

子供が叫ぶ。

「よく頑張ったねー。これは本当は中学生以上が解く物だから、仕方ないよ。はい、参加賞」

と言って、大人のスタッフが飴玉《あめだま》を渡している。

正面の電光掲示板には、三人の名前がタイムとともに載っている。

現在一位は六分一一秒。

年齢を考えると十分だろう。

それより気になるのは俺に突き刺さる大人の視線だ。

芦屋家はどうやらかなり悪目立ちをしているらしい。

だが、この空間に俺と同じようにひそひそと陰口を言われている子供がもう一人いた。

「あれが忌み子と噂《うわさ》の……」

「あまり大きな声では言えませんが、私初めて見ました。幼くも、妖怪に負けた哀れな子」

その目線の先には、つまらなさそうに床を見ながら立つ少女。

何より目立つのは日本人らしくない、銀色に染まった長髪。

大きな瞳に、通った鼻筋。新雪のように真っ白い肌。その美しさからも彼女は目立っていたが、何より目が死んでいた。全てに絶望し、期待を持てなくなった目だ。

あの髪……呪いか。

昔も見たことがある。妖怪が幼い子に取り憑《つ》くことがあるが、祓った後も呪いとして残り続けるのだ。だが、少女は他の子供たちより明らかに霊力が高い。将来はいい陰陽師になるだろう。

妖怪によっては目が見えなくなったり、手足の一部が動かなくなったりと呪いは様々だ。

平安時代は、触れると移ると、迫害されている者もいた。

これほど時代が経っても、人はわからない物を排除するのか。

「見ろよ、あの髪。呪われているぜ」

「お前、触ってこいよ」

少年二人が少女を見て騒いでいる。あの少女はどこかの弱小陰陽師家の子供だろうか。

少女はもう慣れているのか、何か言われていても顔色一つ変えなかった。

相変わらず、陰気な業界だ。陰口を叩かれている姿が、父と重なった。

陰険な奴らは……嫌いだ。

俺はすたすたと少年たちの前まで歩いていき、はっきりと告げる。

「お前ら、うるさいんだけど？」

突然の言葉に驚いたのか、少年たちは顔を見合わせると、そそくさと逃げていった。

「まあ、なんという言葉。芦屋家は教育すらしてないのかしら？」

「酷《ひど》いわね……。さすが芦屋家。口も悪いわ」

とおばさんたちがひそひそ口にする。

お前たちの耳は腐っているのかと言わずにはいられない酷さである。

少女は驚いたような顔をした後、口を開く。

「この髪、不気味でしょ？　取り憑かれて、その後祓っても残ったの。私が弱いから……陰陽師としての才能がないから」

少女は自分の髪を嘲笑うように言う。

「その、人に期待していない目、俺にそっくりだ」

俺は思わず、呟いた。

「人も嫌い。そして私自身も嫌い。貴方も私に、人と仲良くしなさいとでも言うの？」

「仲良くなどしなくてよい。人など信用できん。誰も信用しなくてよい」

俺の言葉に少しだけ少女は驚いた顔を見せる。初めて表情が変わったな。

「だけど、君は君自身のことは信じてあげないといけない。他の誰でもない、自分のことだけは」

これは本心からだ。

「そんなの無理。だって、私はなんの価値も、才能もないから」

少女は悲しそうに言った。この年でこんなことを言うなんて、誰かが彼女にそう吹き込んだのだ。

俺はその背後を考えて苛立《いらだ》った。

「才能がないなんて誰が決めた。霊力は多い。君にはきっと陰陽師の才能がある」

「本当⁉」

少女は初めてわずかに嬉しそうな顔を浮かべる。

だが、すぐにその表情が再び曇る。

「気持ちは嬉しいけど、誰も教えてなんてくれないし。今日だって私、連れてこられたけど結界破りのやり方すらわからないもの」

少女が結界破りのステージに目を向ける。

同時に、結界が解除された音が響き渡る。

「おお！　凄《すご》い！　ここで新記録だ！　宝華院陸《ほうかいんりく》君、記録三分七秒！　記録を大幅更新です！」

とスタッフが大声を上げる。

その記録に大人たちも驚く。

「さすが、御三家だ！　宝華院家は安泰だな」

「まだ六歳だろう？」

とすっかり周囲の大人たちは盛り上がっている。

その記録を打ち出した少年は堂々と胸を張っていた。

俺もその記録に感心する。

いや、話がそれたな。

「わからないなら、学べばいい。仕方ない、俺が教えてやる」

俺は少女にそう言ったものの、自分の発言に驚いた。

誰にも関わりたくないと思っていた俺が、そんなことを言ってしまうとは。

彼女の目を見て、放っておけなかったのだろうな。

「私と年変わらないんじゃ……？」

少女はこちらを疑いの目で見る。

「大丈夫。俺は最強だから。君が、自分自身を信じられるくらい強くしてあげる」

「本当？」

いきなりそう言われても信じられないか。

論より証拠だな。

「証拠を見せてやる」

俺は無言で、結界破りのステージへと歩む。

「次は君が挑戦者かな？　頑張ってね」

ステージ上の陰陽師スタッフが俺に声をかける。俺は無言で頭を下げる。

「それではスタート！」

スタッフの号令が入った瞬間、俺は手を簡易結界に当て、霊力を流し込む。次の瞬間、簡易結界は粉々に砕け散った。

「……えっ？」

割れた結界が宙に舞う様子を見たスタッフの陰陽師は、いきなりの状況に言葉を失う。

周囲の大人たちも突然の光景に息を呑《の》んだ。

「なっ！　一瞬で!?　大人でも難しいぞ。力任せに破ったのではない。完全に解読した上で、結界を破った」

「誰だ、あの子は！」

すぐに会場がざわめく。

目立ってしまった。少しやりすぎたか。

「君、名前は？」

スタッフに声をかけられるものの、俺はそれを無視してステージから逃げる。

「証拠になった？」

「う、うん」

少女は驚いたのか、口を大きく開いたままである。

「道弥だ。名前は？」

「夜月《やつき》」

「夜月、もし陰陽師になりたくて、強くなりたいんだったらここにおいで。陰陽術を教えてあげる」

ポケットから父の名刺を渡す。住所も書いてあるしちょうどよいだろう。

後ろから陰陽師スタッフが追ってくるが、俺は大量の一般客に紛れる。

「そういえば、父が迎えに来ると言ってたな。まあいいか。置いて帰ろう」

俺はそのまま自宅に戻ることにした。

◉

道弥による一瞬での結界破壊で、子供用スペースの場は騒然としていた。

「あの子は誰だったんだ？」

「凄い才能だぞ。あれほどの子。将来は一級も夢じゃない」

道弥の正体を知らない者たちが騒ぐ一方で、芦屋家の者だと知って嫌味を言っていた者たちは口を閉ざした。

「何かの間違い……よね？　芦屋家が、ありえないわ」

「何かずるしたのよ。結界破壊用の呪具を持たせてたんじゃない？」

「そうに違いないわ」

彼女たちは、一瞬での結界破壊は呪具を仕込んでいたから、ということで落ち着いた。

馬鹿にしていた芦屋家の、しかも子供がそこまでの実力を持っているとは思えず、呪具という方がよっぽど納得できたためだ。

あの衝撃的な光景から、残りの子供たちはすっかり萎縮してしまう。

「さっきの子は名前がわからなかったから、一番は陸君だよ？」

少年はスタッフにそう声をかけられるも、顔は全く納得していない。

「……そんな一位要らない」

少年は苛立ったように言い放つと、その場から走り去っていった。

その騒ぎを聞きつけて、陰陽師協会の上役もやってきた。

「なんの騒ぎだ、これは？」

「実は……。六歳くらいの子供が簡易結界を一瞬で破ったんですよ。しかも完全に解読した上での解除です」

それを聞いた上役が笑う。

「一瞬で？　見栄を張った親が力を貸したのではないか？　六歳の子が一瞬で破るとは信じられん。名は？」

「それが、名前を聞けず。芦屋家の子では？　という意見もあるのですが確定できず……申し訳ありません」

「芦屋家……か。もし本当に一瞬でやったのなら上級の実力は間違いなくあるだろうな。まあ、危害とかが出たのでなければ良い」

上役はそう言って、本部に戻る。

（芦屋家など久しぶりに聞いたな。確か現当主は四級だったはず。スタッフの結界が不完全だったか、呪具だと思うが……一応心に留めておこう）

夜月も同じく、家に戻っていた。

家に戻った夜月に、お手伝いさんが心配そうに声をかける。

「お嬢様、陰陽師フェスタに行かれていたんですか？　前も申し上げましたけど、陰陽師以外の道だって今は沢山ございます。無理をして学ばれなくても良いのです。旦那様も心配しておりますよ？　無理なさって、更に呪いを受けることになったら……」

お手伝いさんの言葉に、わずかに夜月の顔が曇る。

「うん……ごめんなさい」

夜月はそう呟くと、自室に戻った。

日課である霊力消費のために、護符を作成しているとインターホンの音が響く。

俺が玄関の扉を開くとそこには夜月が立っていた。

来たか。

「あら、お友達？」

背後から母の声がした。

母の声を聞いて、少しだけ夜月の肩が震える。

陰陽師の家の大人からよく悪口を言われていたからだろう。

俺が背後を振り向くと、そこには輝くような笑顔を浮かべる母がいた。

「可愛い――！」

凄いハイテンションで夜月の元へ近づく。

「髪の毛もとっても綺麗ね！　お人形さんみたい！　道弥ったら、いつの間にこんな可愛い子とお友達になったの⁉」

母のハイテンションに夜月も驚いているようだ。だが、その顔はどこか嬉しそうにも見えた。

「あら、ごめんなさい。少しテンションが上がってしまったわ。ごゆっくりね」

母はにっこりと微笑み、夜月の頭を撫でて去っていった。

「母がすまないな」

「ううん、いいよ。頭撫でられたのなんて、いつぶりだろう？」

「外行こうか」

俺たちは公園に向かった。

公園で遊んでいる子供は一人もおらず、貸し切り状態だった。

「ここに来たってことは、陰陽術を学びに来たってことで良いか？」

俺の言葉を聞き、夜月は首を縦に振る。

「家の人、皆私に言うの。陰陽師だけが人生じゃないよ、って。皆陰陽師として生きてきた人たちなのに。誰も私に期待していない。そんな私でも強くなれるのかな？」

「君が本当にそれを望み、努力をするのなら」

「強くなったら、少しは自分に自信が持てる？」

「君の自信は、君が自分自身を信じられる時、初めて手に入れられるものだ。君が自分自身を信じられるくらい強くしてあげる」

俺の言葉を聞いた夜月が笑顔に変わる。

「よろしくお願いします、ししょー！」

師匠か。

前世ではよく部下たちに教えていたものだ。

「まずは基礎の基礎からだな。陰陽五行説は知っているか？」

「お兄ちゃんから教わったことがある。万物は『陽』と『陰』に分けて考える『陰陽思想』と、万物は火《か》・水《すい》・木《もく》・金《ごん》・土《ど》の五つの要素でできているという『五行思想』が統合した思想って習った！」

思ったよりも模範的な回答が返ってきたな。

「夜月、兄がいたのか」

「うん。お兄ちゃんは私にも優しいんだ。忙しくてあまり会えてないけど。いつか道弥にも紹介してあげる」

「知っているなら話は早いな。俺たち陰陽師は印を結び、呪を唱えることで陰陽術を扱う。自分の力を超えた術を唱えるときは護符を使うことでも発動可能だ。あくまで護符は補助道具だがな。まずは基礎的な陰陽術から」

俺はそう言うと、右手で印を結ぶ。

「臨兵闘者皆陣列前行《りんぴょうとうじゃかいじんれつぜんぎょう》！　火行・鬼火《おにび》」

俺が呪を唱えると、俺の目の前に野球ボールほどの火の玉が浮かび上がる。

臨兵闘者皆陣列前行は九字《くじ》といい、呪力を持つ九の漢字であり、これを唱えることで霊力が上がったり、邪気を祓ったりすることができる。

九字は陰陽師の世界では最も使われる呪である。

火行・鬼火とは通常野球ボールほどの小さな火の玉を一つ生み出すだけの基礎の陰陽術である。火行を練習する者が最初に習うものもこれだ。

火の玉は俺の念じるがまま、まっすぐに弾丸のように飛んでいった。

夜月は真剣な顔をしながら、俺の真似をして印を結ぶ。

「臨兵闘者皆陣列前行。火行・鬼火」

夜月が呪を唱えるも、鬼火が出る気配はない。どうやら失敗のようだ。

夜月は大切な人が死んだのかと思うくらい泣きそうな顔を浮かべる。

「できない……。やっぱり皆が言うように、私には才能がないんだ」

これは重症だな。

俺は頭を掻いた。長年にわたる周囲の言葉が、彼女から自信をすっかり奪い取ったらしい。

俺は夜月の目をしっかりと見つめ、告げる。

「焦るな。何度失敗しても良い。俺が必ずできるように教える。他のどうでもいい大人の言葉でなく、俺の言葉を信じろ」

俺の言葉を聞いた夜月が頷く。

「最初から大きな鬼火をイメージするな。心の中に小さな火を灯すように。蠟燭《ろうそく》の先に、小さな火が灯るようなイメージを」

「う、うん……」

夜月は目を瞑《つむ》り、静かに呪を唱える。

「臨兵闘者皆陣列前行。火行・鬼火」

その言葉と同時に、灯るような小さな火の玉が空中に浮かび上がる。

「できた！」

夜月は嬉しそうに大声を上げる。

「おめでとう。普通こんな簡単に成功はしない。十分に才能がある」

「へへ、やった」

夜月は嬉しそうにその手を見つめ、何度も鬼火を出した。

こうして、奇妙な師弟関係が始まった。

夜月と特訓を開始して早二週間が経過した。基礎の陰陽術は既に覚えたあたり、本当に才能があった。

夜月が何か言いづらそうにこちらを見ている。

「どうした?」

「私って、少しは強くなったかな?」

「初めより確実に強くなっているぞ」

「私の力は妖怪にも通用するの?」

目が戦いたいと、言っていた。

子供に陰陽術を教えると、必ず言い始めるのが戦いたいである。

どうしたものか。

だが、夜月には自信が足りない。少しでもこれで自信がつくのであれば、するべきか。

「仕方ないな。六級くらいなら経験か。念のため、俺の護符を一枚持っておけ。けど、絶対攻撃に使うなよ。護身用だ」

特製の護符を渡した後、俺たちは都内で妖怪のいる山へ向かった。

電車で二〇分ほどで東京都内の三船山《みふねやま》に到着する。俺はなけなしのお小遣いを往復で使いきることになるだろう。

三船山。五級、六級妖怪が棲《す》まう草木生い茂る霊山である。

ここは陰陽師見習いが妖怪退治のために来る場所でもあり陰陽師協会が所有している山だ。

そのため山はフェンスで覆われており、第五級立入禁止地区に認定されている。

一言で言うと、五級陰陽師以上が一名いないと入れないよ、という場所だ。

五級陰陽師は陰陽師として最もランクが低いので、ようするに免許持ちなら誰でも入れる。

だが、俺は勿論免許など持っていない。

「ししょー、どうやって入るの？」

夜月が心配そうに尋ねる。

勿論入り口から一般人の俺たちが入れる訳はない。

侵入しかない。俺たちは入り口から大きく離れたところに向かう。フェンスは三メートル近い。子供の体で登ることは危険だろう。

俺は印を結ぶ。

「木行《もくぎょう》・木橋《きばし》」

俺の言葉と同時に、立派な木製の橋が地面から生え、フェンスを越え向こう側まで橋を架けた。

「凄い……立派な橋ができた」

夜月は恐る恐る橋に触れる。

「大人一〇人以上が同時に渡っても大丈夫だから安心して渡れ。二人とも渡りきったら解除するから」

俺たちは橋を渡り、三船山に侵入を果たした。

山の中は思ったより多くの人がいた。東京にしては山の中は緑に満ちており、所々妖気が感じられる。

だが、人の数に比べて妖怪の数が少ないのか、全然妖怪と出会えない。

俺は集中して妖気を感知する。

小さな妖気が集まっている場所へ向かうと、開けた土地に小鬼が集まっていた。

同時にそこには順番待ちの列が続いている。

親や師匠である陰陽師が、弟子の子供たちを連れてきているようだ。もはやアトラクションだな。

並んで妖怪と戦うなんて、変な時代が来たものだ。

そう思いながらも俺たちも列の最後尾に並ぶ。

並んでいる間、ふと夜月の顔を見ると、緊張した面持ちで護符を見つめている。

「夜月なら大丈夫だ。安心して戦え」

「……うん」

緊張した夜月を見ながら待つこと二〇分。

ようやく列に終わりが見えてきた時、中年の男が突然列に割り込んできた。

「おっと、すまねえな」

男はおそらく弟子であろう子供を連れ、堂々と俺たちの前を陣取ると、夜月の髪色を見て顔をしかめる。

夜月はそれに気づき、顔を伏せた。

「皆、並んでいるんですが?」

俺は努めて温厚にとっとと並べと伝える。

「俺たちは急いでんだ。少しくらい譲ってくれても罰は当たんねえだろ。見ねえ顔だな、どこのもんだ?」

「芦屋だ」

俺の言葉を聞いた男と、連れの子供が笑い始める。

「芦屋か！　陰陽術を知っているのか?　芦屋じゃ六級妖怪くらいしか倒せねえからここに並んでいる訳だ。俺がアドバイスしてやる。陰陽師は辞めろ！」

ふう。またこのパターンか。

自分と俺の霊力の差すらわからぬ愚か者よ。

どう料理しようか考えていると、夜月が声を出す。

「し、ししょーに謝れ。ししょーは強いんだ。あんたなんかよりずっと強くて、立派な、陰陽師だ」

夜月は俺の袖を握りながら、震えながら、か細い声でそう言った。

「あん？　なんだってエ⁉」

男が大声で夜月を睨みつける。

きっと怖かっただろうに。弟子にここまでさせたら、師匠として俺も動かないとな。

「夜月、この間から鬼火を教えていたな。レッスン二《ツー》だ。まず詠唱覇気。確固たるイメージさえあれば、詠唱は必要ない。そして、術の発動場所はある程度自分で選択できる。こんなふうにな」

俺は手を男の頭部を指すように出す。すると、男の頭部に鬼火が灯る。

その鬼火は、男の髪の毛に引火する。

「え？　なっ⁉　あちい！」

男は大声を上げながら、叫ぶ。突然頭が燃え始めたのだ、無理もない。

「み、水！　川はどこだ⁉」

「と、父さん！」

男とその子供は叫びながら、川を探して大慌てで走り去っていった。

「ありがとうな、夜月。あの河童《かっぱ》は川に帰ったから、続きといこうか」

「ふふ、わかった！」

俺の指さす先には一匹の小鬼。

体格は俺たちより少し大きいくらいで、細い手足に少し出た腹。薄汚れた布だけを身に纏い、邪悪な笑みを浮かべている。

力は高校生男子くらいと見た目よりあるため、たまに被害が出る。

小鬼はこちらを見つけると、先手必勝とばかりに襲い掛かってきた。

「火行・鬼火」

夜月は動揺しつつも、鬼火を生み出し小鬼めがけて放つ。その火の玉は見事に小鬼の腹部に突き刺さり、そのまま小鬼を祓った。

「か……勝った？」

あっさりとした初勝利だった。

最初は拍子抜けしていたものの、徐々に勝った実感が湧いてきたのか夜月も喜びをかみしめ始める。

「私でも、祓えるんだ……」

「当たり前だ。俺が特訓してるんだからな」

「他にも倒す！　ここにいる五級は妖狸《ようり》だっけ？　それなら私でも……」

「調子に乗っては駄目だ。ゆっくり成長すればいい。今日はもう帰るぞ」

「……うん」

少し不満そうにするも、俺についてくる夜月。

戻る途中、空からぽつぽつと雨が降り始めた。

軽い小雨だった雨は瞬く間に豪雨に変わる。

「夜月、急ごう」

振り向いた瞬間、夜月の姿は消えていた。

◎

雨が降る直前、夜月は木々の中に動く狸《たぬき》の尻尾を見た。
（あれは尻尾！　妖狸だ！　妖狸を倒せたら、ししょーももっと褒めてくれるかな？）
夜月は道弥に褒めてほしい気持ちから、妖狸を探して道弥から離れた。
生い茂った森の中に入るも、さっき見つけた尻尾は見当たらない。
不幸なことにはぐれたタイミングと、雨が降るタイミングが重なる。
目の前も見えないくらいの豪雨に視界が塞がる。
「あれ……ここはどこ？」
夜月は自分が完全に迷子になったことに気づいた。
妖怪の出る山で一人、夜月はそこで自分がいかに危険な状況にあるか気づく。
「ししょー！」
夜月は叫ぶ。だが、その声は豪雨にかき消された。
夜月は雨から逃れるために闇雲に森を駆ける。
周囲の音一つ一つが恐怖に変わる。

焦って走る夜月は、木の根に足を引っかけ、こけてしまう。

「いたっ！」

夜月の膝は擦り剝《む》け、血が滲《にじ》む。夜月は涙が出るのを耐え、立ち上がると必死で走る。

ようやく夜月は小さい洞穴を見つけた。

「……良かった」

夜月は洞穴に逃げ込む。

夜月はびしょ濡《ぬ》れの服を絞りながら、体育座りで外を見る。

「寒い……。大丈夫かな？」

夜月は不安そうに呟いた。

（ししょーに調子に乗るな、って言われたのに一人で妖狸を狙った結果がこれだ。今襲われたらどうしよう……）

夜月は落ちた木々に鬼火で火をつける。

ほんのりとした焚《た》き火の温かさに涙が出そうになった。

洞穴の奥から、何かが落ちる音がした。

夜月は体を震わせ、後ろを振り向く。

洞穴の奥は何も見えない。ただ漆黒が広がっているだけだ。

夜月は震える体を無理やり動かし立ち上がる。

（く……来るなら来い！）

夜月はそう構えるも、全く何かが来る様子はない。穴の奥へ進むと、そこには雨漏りしているところがあり、その音だったようだ。

夜月は妖怪でないことに安堵《あんど》して入り口へ戻る。

再び雨がやむのを外を見ながら待っていると、外から人の気配が。

「ししょう！」

夜月は叫ぶも、外から現れたのは優しそうな青年だった。登山客のようにパーカーにジーパンのいでたちで傘をさしている。

眼鏡《めがね》をかけ、穏やかそうにこちらへやってきた。

誰かが助けに来てくれたのだ、と夜月は喜んだ。

だが、すぐに夜月は気づく。

ここで会った者のほとんどが狩衣を着ていた。彼はなぜ私服なのか。

よく見ると、彼の後ろには短くも太い尻尾が見える。

「妖狸か！」

夜月は護符を手に立ち上がった。

（勝てるかな……？　だけど、戦うしかない！）

夜月は覚悟を決める。

一方、正体がばれたためか、妖狸は動揺していた。

妖狸。

狐と並んで有名な狸の妖怪である。

人をたぶらかしたり、化けて騙《だま》すといわれている。

狸の妖怪の強さは幅広く、六級程度から有名で強い妖狸となると一級並の強さを持つ。

強い念動力と化かす力を用いて敵を翻弄する。

「臨兵闘者皆陣列前行！　火行・鬼火！」

夜月は自分が作成した護符を使い、今まで一番大きいバレーボールほどの火の玉を生み出し、放った。

夜月の渾身《こんしん》の一撃である。

だが、その一撃は妖狸の神通力により方向を変えられ、違う方向に飛んでいった。

「嘘……」

夜月は呆然と呟き、敗北を覚悟した。

淡々と近づいてくる妖狸に涙が出そうになる。

「助けて、ししょー！」

夜月はただ声を上げた。

「捜したぞ、夜月」

雨の中現れたのは夜月の呼んだ、道弥だった。

夜月が消えたことに気づいた瞬間、俺は手持ちの人形《ひとがた》を全て鳩《はと》に変える。

陰陽師は人形を依代《よりしろ》に、様々な生物を式神として生み出す。

これは擬人式神といい、紙や藁《わら》、草木でできた人形に霊力を込め作られた式神で、妖怪を調伏して使役する式神とは異なる。

放った鳩の視界から、周囲を捜索しすぐに夜月を捕捉し、夜月の元へ走った。

見つけた夜月は不安そうな顔で、妖狸相手に鬼火を放っていた。

「落ち着け、夜月」

「ししょう、妖狸だ！　しかも強い！」

パニックになった夜月がしがみついてくる。初めてのまともな戦いだからかすっかり怯《おび》えている。

これは俺のミスだな。一瞬でも目を放したのが良くなかった。

俺の護符を持たせてあるから、たとえ三級妖怪が襲ってきても夜月に傷一つつけることはできないだろうが。

「大丈夫だ、この妖狸に悪意はない。そうだろう？」

俺の言葉に妖狸は頷く。

「けど、人間に化けて出てきたよ？」

「おそらく人間の方が安心させられると思ったんだろう」

妖狸は再び頷くと、変化を解く。

そこには小さい狸の姿があった。

狸は手に小さな葉っぱを持っている。

狸はてくてくと歩くと、夜月に葉っぱを渡す。

「なにこれ？」

「おそらく怪我《けが》に効く葉っぱだな。足を怪我しているから、持ってきてくれたんじゃないか？」

その言葉に子狸は何度も頷く。まだ子狸だから人語を話せないのだ。

夜月は怪我した膝に葉っぱを当てる。すると、擦り剝いた膝が少し回復する。

夜月は子狸の優しさに喜んだ後、申し訳なさそうな顔をする。

「さっきはごめんなさい。思いっきり鬼火を放っちゃった……」

夜月は頭を下げる。

子狸はいいよいいよと、夜月の頭を撫でた。

「ありがとう！」

夜月は珍しくこぼれるような笑みを浮かべていた。

妖怪は人に仇《あだ》なすものも多いが、人と共存しているものもいる。

現在では高い知能を持ち、世間に順応した妖怪は戸籍をとって日本人として生活しているくらいだ。

「けど、これで妖怪は怖いこともわかっただろう?」

「うん。少し調子に乗ってた。ごめんなさい」

「良い返事だ。けど、俺も夜月から目を放してしまったから、そこはすまん。師匠としては失格だ」

「ししょー、保護者みたい」

「今日は保護者として来ているんだよ。ほら、帰るぞ」

俺はそう言って、手を伸ばす。

夜月もその手を取った。

ちょうど雨もやんできた。そろそろ帰らないと、親も心配するだろう。

「狸さん、また来るね!」

夜月は子狸に手を振る。

子狸も小さい体で必死に手を振っていた。

こうして夜月の初めての妖怪退治は幕を閉じた。


月明かりが、町を照らす頃。

芦屋家の庭では毎日、悠善が護符を片手に訓練を行っていた。

悠善は、陰陽師協会で言われた言葉を思い出していた。

「まだやってたんだ、か。私もそう思うさ。皆に馬鹿にされ、金も稼げず家族に迷惑をかけて、辞めた方が楽になるって知っているさ」

悠善はそう呟きながら、護符に霊力を込める。

「臨兵闘者皆陣列前行。封印術・鉄鎖呪縛《てっさじゅばく》！」

悠善は声を出すも、何も起こることはない。

「できんか……。霊力が足りないのか、それともイメージがまだ曖昧なせいなのか」

悠善はため息をつくも、すぐにできない理由を考え始めた。

そんな悠善を、軒下で由香は見ていた。

「あなた、あまり無理はしないでくださいね。最近特に根を詰めているようですから。何かあったのですか？」

由香が心配そうな声色で尋ねる。

「道弥も陰陽師を目指しているだろう？　その努力を芦屋家だからという理由で周囲から邪魔されてほしくないんだ。それの辛《つら》さは私が一番よくわかっている。陰陽師でなくても良かったのだが、どうやら同じ道を歩むらしい。そのために私は三級になりたい。三級は上級陰陽師。そこまで上がれば、芦屋家を見る目もきっと変わるはずだ」

悠善は道弥に才能があることを確信していた。

ここ数百年で一番の才なのでは、と贔屓《ひいき》目なしで信じていた。

その才能が、芦屋家だからという理由で潰されてほしくない。

父親として、少しでも息子のために何かしてあげたかったのだ。

その言葉を聞いて、由香はにっこりと微笑む。

「その気持ちだけで道弥は嬉しいと思いますよ」

悠善はすっかり諦めていた三級昇格のために今一度自らを鍛え直していた。

道弥は布団の中で悠善の努力をしっかりと見ていた。

(頑張れ、父よ……)

道弥は眠りながら、父の努力が実るよう祈った。

その頃、ある男が大阪から東京へ新幹線でやってきた。

安倍鉄平。安倍家分家の二〇代の男だ。三年間の出張を終えてようやく戻ってきた。

「大阪も人が多かったが、東京も多いな」

鉄平は人混みをよけることもなく、無理やり進んでいく。

「おい、どこ見てんだ！」

鉄平にぶつかった男が叫ぶ。

「ああ?」

鉄平は苛立った口調で男を威圧する。鉄平は身長も一八〇近い大男。男は怯えて目をそらした後、足早に逃げ出した。

「ちっ、臆病者が。苛々するぜ……」

鉄平はこの三年間で、三級陰陽師に上がる予定だった。

一般的に陰陽師界隈には四級と三級に大きな壁があるといわれている。三級陰陽師から上級陰陽師と呼ばれるが、それは三級妖怪から強さが跳ね上がるからだ。

それに応じて年収も地位も跳ね上がる。多くの陰陽師が四級以下で人生を終えることからもわかるだろう。上級陰陽師は全体の十数パーセント程度しかいなく、どこでもエースになれる存在だ。

鉄平は上昇志向の強い男だった。

だが、この三年間で彼が三級に上がることはなかった。

彼は自分の実力は三級に達していると考えていた。関西の者が自分の実力を正当に評価していないだけだと、信じて疑っていなかった。だが、現実は任務でも失敗続きで、昇格どころではない戦績だった。

「くそっ！　必ず上がってやるからな……何をしてでもな」

鉄平は決意を新たに、東京へ戻ってきた。

鉄平が東京へ戻ってきた日、東京のとある区で四級陰陽師六名が殺された。

四級妖怪討伐任務中の出来事である。やられた陰陽師の腹部には大きな穴が開いており、穴はわずかに焦げていた。

その情報が深夜のニュースで流れているのを、東京のホテルで鉄平が見る。

「へましやがって……。だが、陰陽師を殺した妖怪の討伐は上からの評価も高いだろう。

この被害規模からいって、三級に近いレベルかもな。これで一気に評価を上げてやる」

そのニュースを見ていた鉄平はにやりと笑った。

「早く動かねばならんな。あまりゆっくりしていると、上級陰陽師を出されるかもしれん」

鉄平は大きな体をのそりと動かすと、準備を始める。

◉

芦屋家の朝は、一家揃っての朝食が基本。

少し痛んだ畳が敷かれた居間のちゃぶ台の上には、美味《おい》しそうな味噌《みそ》汁の匂いが広がっている。

「「「いただきます」」」

食卓にはご飯と味噌汁、鮭《さけ》一切れに納豆がそれぞれに置かれている。

テレビでは、四級陰陽師がやられたニュースが流れている。

「これ近いんじゃない。大丈夫かしら？」

母が不安そうに呟く。

「隣の区だな。大丈夫だろう。東京には陰陽師も多い」

父が答えた。

もし四級陰陽師が一撃でやられているとなると、中々の強さではないだろうか。六人がかりなら三級妖怪でも勝てそうなものだが。

朝食を食べていると、玄関が開く音がする。

夜月だろうか？

「おい！　任務だ！　早く来い！」

その声を聞いた瞬間、芦屋家の皆が揃って顔を歪める。

最も聞きたくない声の一つだった。

「あの屑《くず》……！　よくもうちに顔が出せたわね！」

母など嫌悪感を隠しもしなかった。

仕方なく、父が玄関へ向かう。俺もこっそりと後を追った。

「何をしに来たんですか？」

「任務だ、行くぞ」

「私は何も聞いておりませんが」

「今ニュースになっている陰陽師を殺害した妖怪を仕留めに行く」

勝てるのか？

「断る」

「お前、まだ四級だろ？　これはチャンスだろうが。このまま一生四級で終えるつもりか？　四級一〇人を用意した。ミスらなければ勝てる戦いだ。このまま放置していれば犠牲者も増える。いいのか？」

絶対そんなこと気にしてないだろう、お前。

「……準備する」

父は覚悟を決めたのか、準備を始めすぐに連れていかれた。

あのゴミ野郎、東京に戻ってきていたのか。それにしても、何か焦っていたような。

嫌な予感がする。

ついていくか？

「道弥、まさかついていこうとしているのではないでしょうね？　そんなの絶対だめよ」

母は俺の襟元を摑むと、居間に強制連行する。

「けど、父さんが危ないかもしれない」

「道弥が行ってどうなるのよ。お父さんを少しは信じなさい」

母は呆れたように言う。

もどかしい時間が過ぎる。一五分ほど経った時、再び玄関が開く音がする。

「おはようございます」

この小さな声での挨拶は、夜月！

これは渡りに船の訪問である。

「あっ！　今日夜月と公園で遊ぶ約束してたんだった！　行かなきゃ！」

「道弥、絶対隣の区になんて行ったらだめよ！」

母の言葉を聞きながら、俺は玄関に行く夜月の手を摑む。

「今日は公園だったな。早く行こう！」

そう言って、家から逃げ出した。

家からしばらく離れた後、夜月は早く説明しろと言わんばかりの目線をこちらに向けている。

「どういうこと？」

「実は家から出られなくなって困ってたんだ。ニュースは見たか？」

「あの陰陽師が殺された事件？」

「その妖怪の討伐任務に父が連れていかれたんだ。心配だから見に行く」

「ししょーが強いのは知っているけど子供だけじゃ危ないよ」

夜月が呟く。

「知ってるさ。だから、今日は家に戻れ。俺だけで向かう」

「どうやって行くつもりなの？」

夜月の言葉で気づく。隣の区まではとてもじゃないが歩ける距離ではない。

最低でも電車が必要だ。だが、今の俺は金がなかった。

「……家戻って金取ってくる」

「お金なんて持ってきたら、止められるんじゃ？」

六歳に論破される、元・大人がここにはいた。

正直俺は小遣いがとっくに尽きていたので、親から拝借するしかないが、ばれたら終わりである。

「私も行く」

「子供が今あそこに行くのは危険だ。絶対に断る」

「ししょーも同じ子供でしょ。それに、私ならお金あるよ」

手に出すのは一万円札。こいつ、五歳なのに金持ってやがる。うちはあまりないのに。

夜月の危険性と、父の緊急性を天秤《てんびん》にかける。だが、俺がついていれば間違いなく夜月は守れる。

「……俺から離れるなよ」

「うん」

夜月と共に大通りに出ると、タクシーを停《と》める。

「隣の区へ」

こうして俺たちはタクシーで父の元へ向かった。

間に合ってくれよ……俺はそう願いながら窓から動く風景を見ていた。

◉

「おい、残りの一〇人はどこだ？　姿が見えないが」

協力する陰陽師が見当たらず、悠善は周囲を見渡す。

二人は既に隣の区にたどり着いていた。

既に一般人は避難しており、通りには人がほとんどいない。

「先行しているんだろう。行くぞ」

悠善は訝《いぶか》しく思うも、先に進む。

だが、一向に現れない他の陰陽師たちに、悠善はある疑問が浮かぶ。

「本当に他にメンバーがいるのか?」

「うるせえなあ。いねえよ。俺ら二人だ」

面倒そうに、鉄平が答える。

「騙したのか!」

悠善は憤り、今後について考える。

(敵は三級レベルの可能性がある。一〇人以上いるならともかく、二人で勝てるだろうか?

勝てれば、大きな評価だが……)

三級陰陽師への昇格と、リスクを天秤にかける。

(退《ひ》くべきだな……)

大きすぎるリスクは冒せないと判断した時、落雷が轟く音が響く。

「きゃあ――――――!」

落雷の先から感じる妖気に、悠善は自らの背中が汗でびっしょりになっていることを感じる。

「近いぞ！」

「わかってるよ、おっさん」

二人が急いで曲がり角を曲がった先には、女性を踏みつける獣の姿があった。

二メートル近い巨大な獣、雷獣《らいじゅう》である。

灰色の毛に包まれ、犬のような四足歩行。そして、何よりその体には紫電が纏われている。

（雷獣は三級相当……。女性もいる。逃げることなどできんな。勝てば、三級昇格が現実味を帯びる。道弥のためにも、勝つのだ！）

悠善は覚悟を決める。

「た、助けて！」

女性は必死に助けを求めた。

「今、助けます。少しだけ待っててください」

悠善は優しく声をかける。

「臨兵闘者皆陣列前行！　我が声に応え、出でよ中鬼。急急如律令《きゅうきゅうにょりつりょう》！」

鉄平は咄嗟《とっさ》に手刀で印を切り、式神『中鬼』を召喚する。

急急如律令は急々に律令の如くに行え、という意味を持ち、唱えることで発動を早める効力を持つ。

「臨兵闘者皆陣列前行。出でよ中鬼。急急如律令！」

悠善も合わせるように中鬼を召喚する。

　中鬼は金棒を持った人間サイズの鬼である。力も人とは比べものにならず、四級陰陽師にとって最もスタンダードな式神と言える。

「同時に襲い掛かれ！」

　二人の使役する中鬼が同時に雷獣に襲い掛かる。雷獣は振り下ろされる金棒を、素早い動きでよけると、その体から雷を放電させる。

　バチッ、という音とともに鉄平の中鬼がバランスを崩し、倒れ込む。

「なっ……嘘だろ⁉　一撃で？　中鬼は四級妖怪だぞ？」

　鉄平は震えた声で叫ぶ。

　鉄平の中鬼の腹には大きな穴が空いていた。その一撃のすさまじさが垣間見える。

　中鬼は鉄平にとって最強の手札だった。それが一瞬で敗れたのだ。二人の脳内に敗北の二文字が浮かぶ。

「舐《な》めんじゃねえ！　俺は三級になるんだよ！　金行《ごんぎょう》・鉄鋼砲《てっこうほう》！」

　鉄平の護符から、ソフトボールサイズの鉄球が生み出され、放たれた。

　だが、その一撃はあっさりと雷獣の口で受け止められそのままかみ砕かれた。

　雷獣は女性よりも二人を脅威と感じたのか、軽い動きで二人の元へ襲い掛かる。

　どう戦う？

　悠善がとっさに鉄平の方へ振り向くと、真っ青になった鉄平の顔が見える。

「お、お前のサポートが悪いんだ……俺は悪くない。お前が無能だから負けたんだ！」

鉄平は悠善を後ろから思いきり蹴り飛ばす。

蹴られた悠善はそのまま前に倒れ込んだ。

「せめて時間を稼げ！　芦屋家なんだからよ！」

鉄平はそう言うと、無我夢中で逃げ出した。

「どこまで卑怯《ひきょう》なんだ……！」

悠善は悪態をつくも、すぐさま雷獣に目を向ける。

その巨体はもう目前まで迫っていた。

だが、その巨体に悠善の使役している中鬼が襲い掛かる。

中鬼の金棒に気づいた雷獣は咄嗟に回避する。

そのまま雷獣は悠善と大きく距離を取った。

「やはりそう簡単にいかんか……。そこの人、早く逃げなさい！」

悠善はさっきまで踏まれていた女性に声をかける。

「でも……」

「早く！　それまでは時間を稼ぐ」

女性は頷くと、そのまま走って逃亡する。

（私も逃げるか？　いや、ここで逃げれば女性が危ない）

「逃げるのではない。勝つ。勝つんだ！　勝って堂々と、三級になるのだ。中鬼、少しだけ時間を稼いでくれ」

悠善の言葉を聞き、中鬼は無言で頷く。
雷獣は中鬼が邪魔だと考えたのか、中鬼に向けて距離を詰める。
悠善は目を瞑って心を落ち着けると、懐から勾玉《まがたま》の首飾りを取り出す。
勾玉には強力な霊力が宿っている。
これは一〇〇万円以上する、強力な陰陽術を発動させるための依代である。
悠善はそれを握りしめると、雷獣を見据えながら丁寧に呪を唱える。
「臨兵闘者皆陣列前行。封印術・鉄鎖呪縛！　急急如律令！」
悠善の言葉と共に、勾玉にヒビが入る。それと同時に、雷獣の足元が光を放つ。
地面から無数の鎖が現れ、雷獣を絡めとる。
「ギュアア⁉」
雷獣は突然現れた鎖に悲鳴を上げる。
その鎖は雷獣を確かに捕らえた。
「捕らえた！　中鬼、頭を狙え！」
（勝った！）
悠善は勝ちを確信した。
だが、悠善は忘れていた。手負いの獣が何よりも恐ろしいということを。
雷獣の叫びと共に、全身から雷が放たれる。
その眩《まぶ》しさに悠善は咄嗟に目を瞑ってしまう。

次の瞬間、雷獣は鎖を砕き、そのまま呪縛から逃れ中鬼の一撃を躱《かわ》した。

「なっ⁉　鉄鎖呪縛が？　本来三級妖怪ですら捕らえる封印術だぞ⁉」

目を押さえながら、悠善は雷獣が鉄鎖から逃れたことを感じる。

狙いは悪くなかった。だが、雷獣が三級でも上位の強さを持っていたこと、悠善の鉄鎖呪縛が少しだけ不安定だったこと、二つの要因がこの結果を生んだ。

雷獣の渾身の放電によって、既に中鬼はぼろぼろであった。

中鬼はそのまま光の粒子となって消えていった。

「……階級一つ変われば、世界が変わるとは言ったものだ。やはり三級以上は化け物だな」

苦々しそうに、悠善は呟いた。

三級以上の妖怪を倒せる上級陰陽師はそう多くない。既に悠善は死を覚悟していた。

◉

「運転手さん、もう少し早く行けませんか⁉」

俺は運転手に言う。

「坊主、ここは今危険なんだ。今からでも引き返した方が……」

タクシーの運転手は不安そうに運転をしていた。

「早く！」

俺たちは既に隣の区に入っていた。

中々の妖怪がいるな……父では厳しいぞ。

タクシーに更に進ませること数分。妖気が夜月にも感じられるほど高まってきた。

「ここで降ろして！」

「坊主、悪いことは言わねえ。戻った方が……なんだか寒気がするんだ」

運転手が言う。

「危険だから、来たんだ」

俺はすぐさま走り出す。

「お金です」

夜月は一万円札を一枚置くと、俺の後を走る。

「危険だぞ？」

「ししょーがいるから」

ここで問答している暇はない。それに、傷つけさせるつもりもない。夜月にはタクシーの中で俺特製の護符を渡してある。

さっきまで霊力を感じた。おそらく父が戦っていたのだ。だが、おかしい。もう一人、あの屑もいるはずなのに、霊力を感じない。

嫌な予感がした。だが、今は走るしかない。

この先だ！

俺は角を曲がる。

「父さん！」

そこには血塗れで雷獣に踏まれる父の姿があった。

落ち着け。

俺は沸騰するような怒りをなんとか押さえつける。

知っているさ、陰陽師は死と隣り合わせ。

自分の実力以上のものと戦った奴らは皆死んでいった。

だが、俺は知っている。父の努力を。三級になろうと努力していた日々を。

「さっさとその汚い足をどけろ」

俺は怒気を抑えきれていない声色で雷獣に告げる。

雷獣は、俺のことを相手にもならないと判断したのか、その前足を上げると、父に向けて振り下ろす。

俺は父に向けて、護符を投げる。その護符から放たれた結界が、雷獣の一撃を受け止めた。

驚いた雷獣の動きが一瞬止まる。

その間に、俺は雷獣へ距離を詰める。

「失《う》せろ」

俺は雷獣に向けて、手を一振りする。

ただ手に霊力を込めて、放出する。

簡単で、低威力な一撃。

だが、雷獣はその一振りで粉々に影も残らず消し飛んだ。

「痴《し》れ者が……お前如きが俺に歯向かうとは」

俺は倒れた父に駆け寄る。

傷は深い……がすぐに死ぬことはなさそうだ。

「父さん、お疲れさまです。見ず知らぬの人のために、命を張ったみたいですね。すぐに救助を呼びますので、ゆっくりお休みください」

「あんな強そうな妖怪を一撃で……。ししょー、凄い」

「夜月、救急車を呼んでくれ。俺は少しここを離れる。俺が助けたことは伏せてくれ」

「いいけど、どこに行くの?」

「ゴミの……処分だ」

俺はそう言って、ある男の元へ向かった。

◈

鉄平は真っ青な顔で自宅への道を歩いていた。どこか周囲を警戒しながら、人のいない道を歩く。

「おい、父を見捨ててどこへ行くつもりだ?」

そんな鉄平に声をかける。

鉄平はびくりと一瞬体を震わせ、後ろを振り向く。

「だ、誰だ……？　父ということはお前は悠善のガキか！　見ていたのか。じゃあ、死んでもらうしかねえな」

鉄平は相手が子供と知ると、余裕そうな笑みを浮かべた。

「安倍家よ。お前たちはつくづく愚か。時代が、世代が変わっても結局芦屋家を裏切るか」

「勝てねえんだ。逃げることは何も悪いことじゃねえ。あのおっさんが弱いのに、正義感だけ強いからこうなったんだ。クソガキ、父の最期の姿は見られたか？」

「もう口を開くな。だが、ありがとう。俺に憎しみを思い出させてくれて」

「何言ってんだ？　知ってるか？　陰陽術ってのは暗殺にも向いているのさ。なぜなら、式神に殺させたら、証拠も残らねえからなあああ！」

そう言って、鉄平は中鬼を召喚する。

霊力は全盛期の二割程度で式神もいない。今の俺は昔とは程遠いな。

だが、こんな雑魚相手なら十分すぎる！

「お前ら親子の葬式にはちゃんと行ってやるよ！　殺せ！」

鉄平の叫びとともに、中鬼がこちらへ向かって走る。

俺はそんな中鬼に軽く触れる。

それと同時に、中鬼の姿は光の粒子となって消え去った。

鉄平は目の前で起こったことが理解できなかったのか、呆然としている。

「なっ⁉　何がどうなってやがる！　なぜ消えた。霊力は十分に足りていたはずだ。中鬼との繋《つな》がりが……感じられねえ！」

鉄平は、両手を見ながら叫ぶ。

陰陽師は自分の式神との繋がりを感じることができる。それにより自分の式神が今、どういう状況か把握する。

それが感じられない。それはすなわち、式神との契約が解除されたことを示している。

「契約が、解除されている……のか？」

震えた声を上げながら、俺を見つめる。

「どうした？　自慢の式神はもう終わりか？」

「偶然だ……！　まだ式神はいる！　いけ、小鬼、鬼火！」

そう言って、鉄平は小鬼と鬼火を召喚する。二匹とも六級妖怪。戦力とは程遠い妖怪だ。

俺は襲ってくる二匹に軽く触れる。二匹は再び、粒子となって消えていった。

「で、出ねえ……！　契約破棄⁉　う、嘘だろ……戦闘中に契約破棄なんて……」

鉄平はすっかり怯えた顔に変わる。得体の知れない生物を見る顔だ。

陰陽師にとって契約破棄は最も重い攻撃である。信じる仲間との繋がりを断ち切られる。

そして何より圧倒的な実力差がないとできない。

「う、嘘だ……芦屋家の、しかもガキに。俺が契約破棄されるなんて……」

鉄平は腰を抜かし倒れ込むと、怯えた顔で後ずさる。

「た、助けてくれ！」

「やられたら、やり返される」

怯える鉄平に追い打ちをかけるように俺は印を結ぶと、呪を唱える。

「木行・木縛り」

俺の言霊と共に、地面から勢いよく木が生え鉄平に絡みつき、すぐに全身が木で締め付けられた。

少しずつ締め付ける力は強くなり、遂に鉄平の右足が砕ける音が響く。

「があああ！」

悲鳴を上げる鉄平に、俺は告げる。

「ここがお前の墓標だよ」

「命だけは助けてくれ、全て謝る！　罪も全て自白するから！」

鉄平は情けなく涙を流しながら命乞いを始めた。

俺はあることに気づき、鉄平から背を向けて歩き始める。

その様子を見て、鉄平は喜びの声を上げる。

「許してくれるのか！　あ、ありがとう！」

俺はその言葉を聞いて小さく笑いながらその場を去った。

道弥が去った後、鉄平は必死で巻き付いた木を取る作業をしていた。

「あのクソガキが、鬱陶しい術使いやがって。それにしてもやっぱガキだな。甘《あめ》えんだよ！　家は割れてんだ、必ず復讐してやる。次は家を全焼させて、あのガキは後ろから不意打ちで殺してやる」

作業から二〇分後、鉄平はようやく木から解放された。

鉄平が折れた右足を引きずって歩いていると、妖気を感じ取る。

「おいおい、嘘だろ……もう一匹いやがったのか」

鉄平は青ざめた顔で、目の前に現れた妖怪、雷獣を見据える。よく見ると先ほどの雷獣より少し小さい。

この雷獣は先ほど戦った雷獣の番《つが》いであった。

夫を殺された怒りは、全て目の前の餌に向かう。

その時、鉄平は道弥の台詞《せりふ》を思い出していた。

「あのガキ！　近くにこいつがいたこと、知ってやがったな！　火行――」

鉄平が陰陽術を唱えるよりも早く、雷獣の牙が鉄平の首筋に刺さる。

牙から放たれる雷電が鉄平の全身を襲う。

雷獣がその牙を抜いた後、そこには黒焦げになった鉄平だけが残された。

◎

自宅に残されていた母の書き置きを頼りに、父が搬送された病院へ向かう。

大部屋のベッドで、父は横たわっていた。

だが、その顔を見るにどうやら大丈夫そうだ。俺の姿を見ると、体を起こして笑った。

「道弥！　心配をかけてすまないな。いやー、負けてしまった！　実力不足だ。偶然近くを通りかかった人が、救急車を呼んでくれて助かったらしい」

「無事でよかったよ」

「だが、不思議なことに助けが来た時には既に妖怪はいなかったらしい。他に目撃情報も出ていないらしいし、どういうことなんだろうか？」

父はそう言って、首を傾げた。

「通りすがりの陰陽師が倒したんじゃない？　大怪我なんだから、しばらく休んでて」

俺は父を無理やりベッドに寝かせる。

「そうだな。また修行のし直しだな」

父が思ったよりも落ち込んでいないようで良かった。

父の無事を確認し病院から出ると、ベンチに夜月が座っていた。

「お父さん、無事でよかったね」

「ああ。夜月も救急車の手配ありがとうな」

「ししょーは凄いね。あんな強い妖怪も一瞬で倒しちゃうんだから。私もあれくらい強かったら、皆に期待されるのかな？」

「俺が師匠なんだ。あれくらい強くなれるさ」

「頑張る！」

彼女はきっと陰陽師になる。

彼女には才能が、そして何より強くなりたい強い理由がある。

随分幼い、芦屋家でもない弟子だ。だが、この奇妙な師弟関係が嫌いではなかった。

◎

道弥が病室から去った後、悠善の顔から笑顔が消える。

「上手く笑えていただろうか？」

悠善は血が滲むくらい、両手を握りしめる。

悔しかった。

自分の実力不足が恨めしかった。

力の伴わない決意などなんの意味もないのだと思い知らされた。

（三級陰陽師にさえなれれば、道弥の道を作ってあげられた。妻にも楽をさせてやれるし、中傷だって大きく減っただろう。だが、現実の私は三級妖怪に切り札を切ってなお負ける程度の力しかない！）

悠善は自らの目元にたまった涙を拭く。

悠善は自分の力不足を呪った。

翌日、陰陽師協会の者が、雷獣が祓われた現場検証を行っていた。

「確かに、ここで式神と雷獣が戦った痕が見られますね。ですが、芦屋悠善さんは負けたとおっしゃっています。まだ、雷獣は生きているんでしょうか？」

「いや、その可能性は低いな。全く目撃情報がない。それにわずかに霊力を使った痕跡が見える。誰かが祓ったんだ。おそらくな」

二人組の男が血の付いた現場を調査している。若い男と、三〇代の男。二人とも陰陽師免許を持つ協会の者だった。

「ですが、式神も使わず雷獣を一撃で祓うなんて、かなりの実力者ですよ。今日一級陰陽師の方、ここら辺にいましたっけ？」

「いる訳ねえだろ。今、この付近にいる二級陰陽師の方に尋ねて回っているが、誰も知らないそうだ。番いの方は、二級陰陽師の方が殺したようなんだけどな」

「じゃあいったい誰がやったんですか？」

「知るかよ」

一級は七人、二級ですら八〇人ほどしか全国にいないのだ。現在東京を拠点にしている二級陰陽師は九人。誰もが、多忙なのは間違いない。

　三級陰陽師なら割といるが、三級でこの痕跡では矛盾が生じる。

　明らかにこれを祓った陰陽師は雷獣より格上だからだ。

「逆に不気味だな……裏の連中かもしれないが、あいつらがそんなことするとは思えねえしよ」

　裏の連中、それは陰陽師の力を持ちながらも陰陽師免許を持たない、もしくは免許をはく奪された者たちを指す。

　中には実力者も当然いるが、多くは素行がよろしくなかった。

「えー、どうするんですか～。このままじゃ調書も作成できませんよ」

「仕方ねえ。正直に書くしかねえだろ。謎の人物または妖怪が、雷獣を討伐。詳細は不明だ」

「先輩なら、雷獣を祓えますか？」

　後輩の男が笑いながら、聞く。

「正直、わからねえ。呪具も揃えて、万全の状態ならって感じだな。ここにいた雷獣は中鬼を一撃で仕留めている。弱くはねえ。鉄平の遺体も何かおかしかった。何かに足が砕かれていた。何かと争い、その後雷獣に殺されている。だが、芦屋の男じゃない。既にやられているし、彼では鉄平を一方的に倒すことは難しいだろう」

「謎だらけですねえ。強い陰陽師なら必ず名前が知られてそうなものですけど」

「雷獣を一撃で祓った人物、もしいるのなら間違いなく実力者だろうな」

男は、憂鬱そうな顔でそう言った。

第二章　真と莉世

「道弥、起きなさい。夏休みだからといって、いつまでも寝ていては駄目よ」

母の声で目を覚ます。俺は眠い体を起こし、洗面所に向かう。

俺は六月の誕生日で、一五歳を迎えた。鏡に映るのは中学三年生になった自分の顔だ。

顔自体は整っているが、どこかけだるげな表情が映っている。目つきが悪いのは人を信じられない心故か。

「道弥は顔全体は私に似ているけど、目つきだけ悪くなったわねえ」

と母が後ろから言う。

放っておいてくれ。

居間へ向かうと、父が既に朝食を食べている。

「おはよう、道弥」

「おはよう、父さん」

「道弥、今日出るのか？」

父が真面目な顔で尋ねてきた。

「今日発《た》つよ」

「私もやっぱりついていった方がいいんじゃないか？　一人で妖怪探しなんて。強くてもお前はまだ子供だ」

　父が心配そうに言う。

「心配しなくても大丈夫だって。無理はしないから」

「……そうか。何を式神にするか、これは陰陽師として最も大事なことの一つだ。後悔しないようにしなさい」

　父は何かを察したように、それ以上口を出さなかった。

　父は、既に陰陽師としての実力は俺の方が高いことを察している。

　俺は来《きた》る一か月後の陰陽師試験に備えて、式神を探す旅に出ることにしたのだ。

　ようやくだ。長かった。陰陽師試験を受けられるのは一五歳以上。

　それまではどれだけ実力があろうと陰陽師にはなれない。

　未だに俺には式神がいなかった。それは俺が求める式神のレベルに、俺自身が今まで達していなかったことが大きい。

　一五になりこの体に元々宿っている赤の霊力が全盛期の六割ほどにまで伸びた。

　日々の特訓の成果が出たと言えるだろう。

　一方、前世道満時代の霊力である蒼の霊力は全く戻っていない。

　蒼の霊力はもう戻らないのかもしれないな、と最近考える。確かに感じはするのだが。

　今の俺ならある程度の数、前世で調伏していた妖怪たちも再び調伏できるだろう。

　父は腰を上げると、自室から一つの木箱を持ってきた。

「道弥、受け取れ。式神の調伏は時に命がけだ。大したものはやれなくてすまないがな」

そう言って、父からもらった木箱を開けると、そこには依代となる勾玉とそれを入れる袋が入っていた。

まだ霊力は込められていないものだ。

俺に霊力を込めさせ、いざという時に使えということだろう。中々良い勾玉で、買おうとすると何十万円もするのは間違いない。

「ありがとう、父さん」

うちはお金がない。父が俺のために必死にお金を貯《た》めてプレゼントしてくれたことがわかる。

「お前の実力なら、自分で霊力を込めた方が市販品より良いものができるだろう」

「必ず、凄い妖怪を調伏してくるよ」

テレビはいつものように『陰陽師ＴＶ』が流れている。どうやら陰陽師試験について特集しているらしい。

「皆さん、一か月後の八月二〇日、遂に年に一度の陰陽師試験が開催されます！　陰陽師を目指す者たちは今、必死で特訓しているでしょう」

陰陽師服である狩衣を着た男性が陰陽師試験について話している。

「毎年、試験の合格率は一パーセントほどという狭き門らしいですが、どれくらい難しいのでしょうか？　陰陽師は高収入であることや、上位の陰陽師の方の人気から、毎年多くの方が受けると聞いています」

アナウンサーの女性が陰陽師の男に尋ねる。

「そうですねえ。毎年二万人以上が受けるんですが、受かるのは二〇〇人程度しかいません。合格率一パーセントは様々な試験の中でも最も高い試験の一つでしょう。勿論、受験資格が緩いですから一概に一番難しいとも言えませんが。やはり高収入なのが、受験生を呼んでいるのかもしれません。平均年収一〇〇〇万円を超えますから」

と陰陽師の男が笑って言う。

俺は、父がぼそりと俺は一〇〇〇万もないけどね、と呟いたのを聞き逃さなかった。

スルーしよう。

「凄いですねえ。今や上位の陰陽師は国を代表する存在であり、アイドル並の人気があることも一因かもしれません。学歴などが必要ないのも大きいんでしょうか」

「必要なのは才能です。霊力の有無は本人の素質によるものが大きいですから。それに、陰陽師は命の危険が伴います。これだけの収入は危険を考えると当然とも言えるかもしれません」

「なるほど。厳しい世界ですが、それだけにリターンも大きいということなんですね。試験結果は公開されることもあり、今年も盛り上がりそうです。今年は、陰陽師家で最も有名な御三家からも多くの人が受験されるようです。宝華院家本家からは、宝華院渚《なぎさ》君と、宝華院陸君という双子が受験します。二人ともまだ一五歳ですが、既に四級並の力を持っており、三級も近いといわれています！」

そう言って、二人の映像が流れる。

優等生そうな兄・渚と、ヤンチャそうな弟・陸が映っている。二人が結界を張っている様子が撮られていた。

こいつらが今年の受験生か。

まあ、誰が相手でも関係ないか。

「道弥、お弁当取りに来てー」

「はいはい。父さん、少し行ってくるよ」

「ああ」

俺は母に呼ばれて、台所へ向かった。


道弥が台所に向かった後、することもない悠善はテレビを見ていた。

「今年は安倍家本家からも受験者が出るようです。安倍夜月さんといって、綺麗な銀髪が目を引く少女ですね。霊力も高く、将来も期待されています。何よりこのキュートなルックス。大人気になりそうです」

アナウンサーがアイドルを紹介するように話した後、テレビ画面に映ったのは夜月。綺麗な銀髪をなびかせ中学校から帰っている夜月の姿が映っていた。

「夜月……ちゃん？　安倍家の者だったのか！」

それを見ていた悠善は驚愕《きょうがく》の表情を浮かべる。

息子と仲の良い夜月が安倍家の者であることを知らなかったからだ。

「このことを道弥は知っているのか？」

悠善は台所を見る。

少し悩んだ末、悠善は尋ねることをやめた。

(子供の交友関係に口を出すのもな。それに私が口を出さなくても、世間は……)

安倍家と芦屋家の仲の悪さは陰陽師業界で知らない者はいない。とはいっても力の差がありすぎて、いじめのようになっているが。

結局、悠善はこのことを道弥に話すことをせず、道弥はそのまま埼玉県のとある神社を目指して家を発った。

◈

埼玉県某市にある武峯《たけみね》神社。

そこはとある神狼《しんろう》を祀《まつ》る神社として多くの者から愛されていた。

今もお婆さんと孫が二人でお参りしていた。

「今年もよろしくお願いいたします」

お婆さんは両手を合わせて祈っていた。

「ねえ、お婆ちゃん。ここってなんの神様がいるの？」

「ここはねえ。狼《おおかみ》の神様がいるのよ。作物を猪《いのしし》や鹿から守ってくれるとってもありがたい神様なの」

「へー、かっこいい！」

「良い子にしてたら、きっと貴方のことも守ってくれるわ。けど、悪い子は食べちゃうから気を付けるのよ。人間を見分ける力を持ってるの」

「はーい。お爺《じい》ちゃんの畑が今年も良くできますように！」

孫も手を合わせて祈ったのち、深い一礼をして二人は神社から去っていった。

神社のある山の頂上からその様子を見る一頭の狼。

「善人には豊穣《ほうじょう》と守護を。悪人には罰を」

狼はそう呟いた。

◎

電車に揺られ数時間、その後バスで三〇分程度で俺は目的地である武峯神社へたどり着いた。

神聖な霊力が山全体から感じられる。麓から神社までは石造りの長い階段が敷き詰められていた。

なぜ妖怪を調伏に来て、神社のある山なのか。それは、今回調伏する妖怪が神として崇められているからである。

「出世したな、真《まこと》」

俺はそう呟くと、境内にたどり着くため参道を進む。

「三《み》ツ鳥居《とりい》か、珍しいな」

俺は入り口にあった三ツ鳥居を見て言葉を漏らす。

三ツ鳥居は大きな鳥居の両脇に、小規模な二つの鳥居を組み合わせたものである。

鳥居のすぐそばには狛犬《こまいぬ》の代わりに狼の像が鎮座していた。

周囲は夏休みのせいか、参拝客の姿も見える。

どうやらここの神は随分と好かれているようだ。

階段を上がること一〇分、ようやく境内へ到着する。

境内にはわずかに霧がかかっており、どこか神秘的な雰囲気が漂っていた。

奥に進むと古くも丁寧に手入れがされている拝殿が見える。

俺は参拝客に交じり並ぶと、参拝を行う。

俺の目的は勿論参拝ではない。

「ここにはいないな……もっと上か」

境内は山の中腹にある。だが、俺の目的は更に山の上にいるらしい。

俺は山の登頂許可をもらうために、神主の元へ向かった。

「登頂許可？　もしや陰陽師か？」

神主が怪しそうな者を見る目で尋ねる。

「はい」

正確にはまだだけど。俺の言葉を聞いた神主が止める。

「悪いことは言わない。やめておきなさい。定期的に来るんだよ、山の神を調伏しようとやってくる陰陽師が。過去には有名な一級陰陽師が来たこともある。だが、誰一人調伏などできなかった。相手は神、およそ人間如きが調伏などできないんだよ」

「強さなら知っています。だからこそその力が必要なんです」

「駄目だ。帰ってくれ」

「そうですか。わかりました。ご対応ありがとうございました」

俺は頭を下げてその場を辞す。

「今年受験かい？　頑張りたまえ」

帰りかけの俺に、神主はそう声をかけた。

俺はそのまま帰ったように見せかけて、全く別の道から山を登る。

「悪いね、神主さん。友人に会いに行くんだ」

とはいってももう一〇〇〇年は会っていないが。

険しいけもの道をかき分け進むこと、一時間。

肌がひりつく感覚に襲われる。

「結界か……」

おそらく一般人が山頂まで来られないように山の神が結界を張っているのだろう。壊しても構わないが……。

俺は結界を弄《いじ》り、すり抜ける。

これなら中に入ったこともばれないだろう。

結界の中に入り更に進むこと二時間、ようやく山頂近くの小さな御神殿に到着した。

この懐かしい雰囲気に俺は笑みがこぼれる。

「大口《おおぐちの》真神《まがみ》、お前を調伏に来た」

俺ははっきりとそう告げた。

大口真神とは真神とも呼ばれ、日本に生息していた狼が神格化された神獣である。

古来より人語を理解し、人間の性質を見分ける力を有し、善人を守護し悪人を罰する神として崇拝されていた。

神は祈られることにより力を蓄える。真神は長年の間、作物を守護するとして農民たちに崇拝されその力を高めてきた。それは現代でも同様だろう。

「少々目つきが悪いな。少年よ、よくぞ結界を破りここまで入ってきた。だが、私はもう主人を再び持つつもりはない。調伏目的だろうが、おとなしく去るがよい」

声が聞こえた。ここにいるらしい。

「断る」

「そうか、なら少しだけ遊んでやろう」

その言葉と同時に、宙に氷柱がいくつも浮かび上がると、俺めがけて襲い掛かってきた。

俺はそれを、霊力を込めた左手でなぎ払う。

随分手加減をされている。どうやら俺が道満であることに全く気づいていないようだな。

「ハハハハハハ！　子供のくせにやるではないか！　だが、これはどうだ？」

笑い声と共に、周囲に厚い結界が張られた。

大気が震え、周囲の動物たちが異変を察知し怒濤《どとう》の勢いでその場から逃げ去る。

このレベルの妖怪と、敵として対面するのは転生以来初だな。

俺は粟立《あわだ》つ肌とは対照的に久しぶりの感覚に笑いを隠せなかった。

凄まじい妖力によって、空間が震え、歪む。

爆風と共に、顕現したのは巨大な大狼。

全長は一〇メートルを優に超える。その清らかな心を示すような純白の毛に包まれ、まさしく神獣に相応《ふさわ》しい風格があった。

鋭い眼光と、立ち振る舞いだけで、その強さが窺《うかが》える。

真神はその妖力を前足に込めると、その爪を振り下ろした。

「臨兵闘者皆陣列前行！　守護護符よ、その力を示し、我を守護せよ。急急如律令！」

守護護符から光が放たれると、透明な結界が張られ、その一撃を受け止める。

止められたにもかかわらず、真神は笑っていた。

「この一撃を止めるとは……！　人に止められたのは数百年ぶりか！　たまらぬぞ！　子供と侮ったことを謝罪しよう！　お主は間違いなく、一流の陰陽師よ！」

全身から殺気と共に、喜びに震えていることがわかる。

「楽しいのぅ」

しばらくは遊んでやる。久しぶりのじゃれ合いだ。

全身から放たれる冷気により、木も草も、地面も全てが凍っていた。その一撃は大地を抉《えぐ》り、地形を大きく変える。

霊力はまだ相手の方が少々上だな。

真神から冷気の籠もった咆哮《ほうこう》が放たれる。

周囲への影響を心配して、少し威力が抑えられているな。その優しさがお前の弱点だ。

俺は護符で咆哮を上空にそらす。手加減してもなおその一撃は天まで届き、雲を貫いた。

「これもそらすか！　強いが……なぜ陰陽師なのに式神を使わぬ。別に責めぬぞ？」

痛いところを突かれた。確かに一匹くらいは調伏しておくべきだったかもしれない。

だが、二級以下では真神相手には時間稼ぎにすらならないだろう。

「サシでやろう。無粋な者は必要ない。その代わり勝ったら俺に従ってもらうぞ？」

「勝てるものならな」

「ぬかせ。火行・鳳凰炎《ほうおうえん》」

俺は護符と共に呪を唱える。

それと共に、翼開長一〇メートルを超える巨大な鳳凰を象《かたど》った炎が生まれ、そのまま真神を貫いた。

仕留めたかと思ったが、鳳凰炎が貫いたのはどうやら氷で作られた偽者のようだ。

上空を見ると、飛び掛かってくる真神の姿があった。

「ちっ！」

俺は護符で結界を展開し、その一撃を受け止める。

重い……！

たったの一撃で結界にヒビが入る。

天災とも言えるほどの一撃一撃が俺の結界に叩き込まれる。一撃で砕かれることはなくとも、長時間は持たないだろう。

結界が砕けると同時に、俺は動きながら再度護符で結界を張った。式神のない陰陽師の攻撃手段はそう多くない。大物相手だと尚更だ。

俺は逃げ回りながら、よけきれぬ一撃を護符で受け止めた。ただの攻撃では効かないことを悟った真神が距離を取る。

「これも止められるかな？　氷狼牙波《ひようろうがは》」

真神は口に妖気を集中させる。奴の得意技だ。その一撃は周囲一帯を氷の世界に変える。

「臨兵闘者皆陣列前行。金行・金剛双壁《こんごうそうへき》。急急如律令！」

俺は金剛石でできた巨大な壁を重ねて二枚生み出しその一撃を防ぐ。縦横二〇メートルに、一枚厚さ三メートルはある壁である。

完全に受け止めきることはできず、一枚目の壁が砕け、二枚目の壁も砕かれる。

その余波で俺は大きく吹き飛ばされ、真神が張った結界も粉々に砕け散った。

俺は体を起こす。こいつ、昔よりも強くなってやがる。

「少年よ……確かに強かったが、高々十数年生きた程度では我には敵《かな》わん。帰りなさい」

「残念ながら俺の恨みは一〇〇〇年ものでな。こちらも手加減はなしだ」

「一〇〇〇年？」

真神は怪訝そうにこちらを見る。

「殺す気で行く！」

俺は二枚の護符を取り出し、両手に持つ。

このレベルの陰陽術を使うのはこの時代では初めてだな。

「臨兵闘者皆陣列前行。木行・天変樹海《てんぺんじゅかい》。急急如律令！」

地面から大量の木々、いやその規模はもはや樹海と言える規模の木々が生み出される。

その木々は地形を変え、真神も、山も全てを飲み込む。

「ぐう……！　この規模の樹海を生み出すとは！　だがこの程度全て凍らせて！」

真神が冷気を全身から放つ。

だが、これは序章に過ぎない。

「臨兵闘者皆陣列前行。火行・龍炎天爛《りゅうえんてんらん》。急急如律令！」

龍炎天爛。

これは平安時代、一つの街を全て焼き尽くしたといわれる術だ。

見る人を畏怖させる巨大な龍を象った炎は、周囲を全て灰に変える。

この組み合わせには意味がある。

五行相生。

陰陽五行説には木は火を生じ、火は土を生じ、土は金を生じ、金は水を生じ、水は木を生ず、といわれる五行相生の考え方がある。

すなわち、木は燃えることでさらなる火を生み出す。

天変樹海で生み出し真神を捕らえた大樹は、龍炎によって燃やされることで更なる灼熱《しゃくねつ》を生み出す。

「ぐあああああ！」

この規模の攻撃は想像していなかったのか、真神の唸《うな》るような叫び声が聞こえる。

だが、これでも仕留められんだろう。

この術も全て前座に過ぎない。

今真神は龍炎への対応に追われている。今ならゆっくりと準備ができるというものだ。

俺は懐から勾玉のついた首飾りを取り出す。

お年玉を貯めて購入した勾玉に霊力を込めたお手製の品だ。定価一〇万円也《なり》。

これなら大技もできるというものだ。

「臨兵闘者皆陣列前行。火行・千封黒縄《せんぷうこくじょう》。急急如律令！」

俺の言葉と同時に、真神の地面から光が放たれる。

地面から一〇〇〇本の黒縄が生み出され、真神を縛るために動く。

黒縄とは地獄の一つである黒縄地獄で用いられる、罪人を縛り付ける熱く焼いた縄である。

亡者も裸足で逃げ出す地獄の縄だ。

龍炎と大樹の対応に追われており足元への警戒が緩んでいた真神は、黒縄に捕らえられる。

やがて真神は地面に縫い付けられたように完全に捕らえられた。

「古代の封印術か。これは解けんな。見事。我を捕らえられる者がこの世に二人もいるとは思わなんだわ」

「二人ではないよ、真」

俺は動きの封じられた真にそう告げた。

俺の言葉を聞いた真が驚愕の声を漏らす。

「なぜその名を知っている⁉」

「まだわからないか、真。肉体など飾りでしかないだろう？」

「確かに……膨大な霊力の中に、わずかに道満様の霊力を感じる！」

「久しいのぅ、真よ。一〇〇〇年ぶりか」

俺はようやく主《あるじ》を思い出した元式神に呆れた声を漏らす。

一方、一〇〇〇年ぶりの再会となった真はその目から大粒の涙をこぼしていた。

「お久しうございます、道満様。随分変わられましたな」

「この体か。まだ子供だから仕方あるまい」

「いや、そうではないのですが……。まさか現世でまた会えるとは。真は涙が止まりませぬ」

そう言って、大きく頭を下げた。

「随分待たせたな」

「本当です。私も長い時を生きました。だが、今でも鮮明に思い出せます。道満様の式神として各地の大妖怪と戦っていたあの頃を。楽しく、刺激的なあの日々を」

俺が封印術を解除すると、その巨体で真が飛び掛かってきた。

「お、重いぞ……」

「それくらい我慢してください。一〇〇〇年ぶりの抱擁ですので」

そう言って、真は俺の頬を舐める。

相変わらず手触りの良い毛並みに惚《ほ》れ惚《ぼ》れとする。俺は顔を毛並みに埋《うず》める。

癒し……。さっきまで命がけの戦いをしていたとは思えない状況である。

「道満様なぜここに？　あの時、確かに奴に殺されたのでは？」

「確かにあの時、俺は死んだ。そして輪廻転生したのだ。過去の記憶を保ったままな。一〇〇〇年もかかったが」

「ほう……聞いたことはありますが、実際に輪廻転生した者を見るのは初めてですな」

「俺も成功するとは思わなかった。理《ことわり》に反する力なのは間違いない」

「それでも真は嬉しゅうございますよ。生涯の主と決めたお相手とまた会えたのですから」

そう言って、顔をぺろぺろと舐めてくる。

さっきまでの威厳はどこにいったんだ。

「ありがとう、真」

「再び我等《ら》を集めてどうなさるおつもりで？」

「芦屋家はあの時から没落した。今は汚名を背負い、吹けば飛びそうな一族となった。必ず復興させる。そして、安倍家への復讐を果たす。俺の式神として、再度戦ってくれないか？」

俺の言葉を聞いた真は微笑む。

「勿論でございます。再度、天下をとりましょうぞ」

「臨兵闘者皆陣列前行。我が名は芦屋道弥。芦屋家にその名を連ねる陰陽師也。我が名において、命ずる。真よ、我と契約を結び、我が式神と成れ」

俺が呪を唱えると、霊気が徐々に真を包み始めた。

「汝《なんじ》を主と認め、従おう」

真の言葉と同時に、眩《まばゆ》いほどの光が真から放たれた。光がやむと、真との繋がりが確かに感じられる。

契約成功。

俺の霊力が繋がることでわずかに真の妖力上昇を感じた。

基本的に調伏された妖怪は、主である陰陽師の霊力に応じて妖気が上下する。つまり、一流の陰陽師が調伏すれば、六級妖怪の小鬼ですら四級妖怪を倒せるほど強くなることもある。

こうして俺は今世で初めて式神と契約を結んだ。

基本的に陰陽師は契約した式神を自由に呼び出せる。

だが、その際には霊力を消費しなければならない。消費霊力は式神の妖気による。

つまり強い式神ほど消費霊力が大きい。使用する霊力は基本的に召喚する式神の妖気の一割ほどが目安だ。

だが、強い絆《きずな》で結ばれた式神であれば、召喚に必要な霊力消費の一部を式神自らの妖気で肩代わりしてくれることがある。

一般的に陰陽師は式神化する妖怪や神獣に認められさえすれば、自分より多少霊力の多い妖怪も式神化できる。

だが、自分より大きく妖気の強い妖怪は式神化することはできない。

認められようが、それ相応の霊力は必要なのだ。なので、強い妖怪を使役するには、強さと霊力が共に必要といわれている。

「ところで真よ、他の皆はどうしている？」

他の皆とは勿論、俺の元式神たちである。

皆が皆、歴史に名を残す大妖怪。そう簡単に祓われているとも考えづらい。

「我らは主を元に繋がった者です。主なくして関わることもなく、もう皆と別れて一〇〇〇年以上経ちます。死んだとは聞いていないので、どこかにはいると思いますよ」

妖怪なだけあってドライである。

「誰の行方《ゆくえ》もわからんのか？」

「あの馬鹿だけはわかりまする」

真から珍しい誹謗《ひぼう》の表現。それが意味する者は一人しかいない。

真はそのまま言葉を続ける。

「あの馬鹿は冬眠と暴虐を繰り返しております。主が死んだ後は特に酷く……。奴を祓いに行った陰陽師が一〇〇人以上は亡くなったと、聞いてます」

「そうか……莉世《りぜ》は今も暴れているか」

俺は昔の莉世を思い出す。

「主を失った奴は正に解き放たれた獣です。一般人に危害は加えなかったものの、調伏に来た陰陽師は一人残らずこの世を去りました」

「莉世には俺も手を焼いたからな。それもこれも全てが懐かしい。会おうか、久しぶりに」

「奴にも会うおつもりですか。まあ、実力はありますが……仕方ありますまい。お供します」

「行こうか。だが、ここの守り神はお前だろう。来ても大丈夫なのか？」

「後継者はおりますので。まだ若い神狼ですが、力はあります。十分でしょう。おいで、楓《かえで》」

その言葉と共に、御神殿の裏から小さな狼が顔を出す。

狼は俺を見ると、ぺこりと頭を下げた。

「すまないな、突然主を奪っていって。何かあればいつでも来よう」

「ワン！」

狼はそう一言だけ吠《ほ》えると、そのまま消えていった。

「今日は疲れたでしょう。ゆっくり休んで、明日向かいましょう」

「確かに。俺も久しぶりの本気の戦闘ではしゃいでしまった」

一級以上の妖怪との久しぶりの戦闘はさすがに疲れた。連戦は厳しいだろう。

「私も楽しゅうございました」

「これからまた戦うことも増える。楽しみにしていろ」

「勿論でございます」

そう言うと、真の巨体は一瞬で姿を消した。

『必要な時はいつでもお呼びください、主様』

脳内に真の声が響く。式神と契約者はいつでも相互連絡が可能である。

式神は顕現中はわずかだが、契約者の霊力を吸う。そのため真は姿を消したのだろう。

まあ、巨大な狼を連れていたら警察に呼ばれるからというのもあるだろうが。

『ところで主様、会った時よりも霊力が増えておりませんか？』

「真もそう思うか」

俺も霊力の増加を感じていた。

それも前世からの蒼の霊力の増加である。

今まで全く増加することのなかった蒼の霊力が一〇パーセントほど戻った。

推測される原因は真との戦闘である。

命がけの戦いで、前世の霊力が復活したと仮定するのであれば、莉世とも本気で戦うに越したことはない。

俺は山を下りると、なけなしの金で近くの宿に泊まった。

翌日、俺は護符の数を数えると宿を出る。

『奴は栃木の山奥にいるはずです。向かいますか？』

「ああ。早速向かうか」

俺は山の木々に再び足を踏み入れる。

そこで結界を張ると、真を顕現させる。

「出《い》でよ、真」

簡素な呪と共に、全長数メートルほどの真が姿を現す。

「それでは背に。向かいましょう」

俺は真の背に体を預けると、真は自分の体に呪を唱える。

「これで一般人に姿は見えないでしょう。では向かいます！」

そう告げると、真は大きく跳躍した。

一瞬で一〇〇メートル上空まで跳ね上がる。地上にあった多くの家屋が、瞬く間に遥《はる》か遠くへと変わった。

「風が気持ちいいなあ」

「それはようございました。宙を走ります。しっかり掴まっていてください」

真の両足に雲が宿ると、そのままその足は何もない宙を蹴り、空を走る。

新幹線と変わらないほどの凄まじい速さ。真の呪により、風の影響はそこまで感じない。快適な空の旅と言えるだろう。

現代では多くの乗り物がある。だが、真の背ほど良い場所を俺は知らない。

邪魔者のいない空の旅により、数十分で目的地である栃木の白光山《はっこうざん》にたどり着いた。

「ここか」

俺は真から降りると、白光山を見つめる。

山の周囲は分厚い鉄の壁で囲まれ、その上には結界まで張られている。おまけに一定間隔で警備員まで立っているという徹底ぶりだ。

「すっかり腫物扱いだな」

俺はその様子に思わず笑ってしまう。

「あの馬鹿が暴れましたからな。死人も多かったので、立入禁止になったのでしょう」

その証拠に看板が立っている。

『妖怪の住処《すみか》により立入禁止。第一級立入禁止地区』

と看板に記載されていた。

この世界では妖怪が多いため、妖怪を祓いきれなかった山や土地は立入禁止地区として一般人が入れないようになっている。

第一級立入禁止地区はその中でも最も高い等級で、一級妖怪またはそれに準ずる妖怪の住処として登録されている。

「あの程度の結界、我々にしたら紙も同然ですが……」

「擦り抜けるぞ、久しぶりの再会に、無粋な邪魔は必要ない」

俺は結界に触れると、その内部術式を分析しそのまま擦り抜けた。

◉

山奥に眠る何かが体を起こす。

「あら？　誰かが我が神域に侵入しましたね。皆、殺してあげる」

何かは舌舐め擦りすると、邪悪に笑った。

◉

白光山は立入禁止地区になっているだけあって、多くの妖怪で溢《あふ》れていた。

人の手が全く入っていないため、草木は伸び放題。そこら中に大樹が堂々とそびえ立っている。動物と妖怪が共存する奇妙な空間となっている。

だが、妖怪はどれもこちらを見ると、一目散に逃げ出した。

真を見て逃げ出さない妖怪は馬鹿か強者かのどちらかだろう。現実はほとんど前者だが。

「主が名を明かせば、戦闘にはまずならないと思いますがどうなさいますか？」

真が尋ねてきた。

「名は明かさない。まだ推測の域を出ないが、俺の前世の霊力は死闘の中で増加する。戦わない手はない」

俺の言葉を聞き真はため息をつく。霊力も抑えておこう。これでばれるかもしれないしな。

「またお戯れを。どうなっても知りませんよ」

俺たちは無人の野を行くが如く、全く邪魔も入らず奥まで進んだ。

そこで俺たちの足が止まる。これ以上は莉世の領域なのだろう。

もうすぐそばにいるのがわかる。

俺たちは気にすることもなく、足を踏み入れた。

空気がひりつく。周囲には妖怪は一匹もいない。彼らも彼女の領域には決して踏み入らないのだろう。

ああ……莉世。変わらないな。初めて会った時と同じだ。誰も寄せ付けず、高潔で、美しく、そして強い。

一歩間違えれば死ぬだろう。名を明かせば戦闘にはならないだろう。

だが、それでは駄目なんだ。命がけの戦闘で認めさせる。それでこそ主。

「莉世、俺だ！　真だ！　久しぶりだな」

真は大声を上げる。

「真？　久しぶりじゃない。何百年ぶりでしょうか？　今更何しに来たのですか？」

高く妖艶な声が奥から聞こえてきた。

真が一瞬こちらを見る。正直に話していいか、という顔である。俺は首を横に振った。

「……お前の様子を見に来たんだ。最近も暴れていると聞いて心配でな」

「貴方が私を気にするとは思えませんけど。もしかして横の男は新しい主？　貴方も所詮犬っころのようね……道満様以外の人間に従うなんて！　道満様以外の人間などゴミも同然。そんな人間に従う貴方も、当然排除対象よ？」

殺気がこちらまで伝わってくる。どうやら前と全然変わっていないらしい。

溢れ出す妖気と共に、周囲の大樹が一瞬で消し飛んだ。

「仮にも知り合いの私にいきなり完全顕現とは……何も変わっていないようだな」

真は苦虫をかみ潰したように言った。

その目線の先には、九つの尻尾を持つ巨大な狐、九尾狐《きゅうびのきつね》が立っていた。

日本でも邪悪な九尾の狐の妖怪として玉藻前《たまものまえ》の登場する物語が有名であろう。

数多くいる狐の妖怪の中でも、傾国の美女としてその強さと共に九尾狐が語られる。

「相変わらず人間に甘いようね、真。陰陽師を連れてきたということは目的は調伏かしら？まさか私が道満様以外を主とすると思ったのなら……許されない冒瀆《ぼうとく》よ」

莉世の全身から妖気が溢れ出る。

九本の尻尾が鞭《むち》のように俺たちに襲い掛かる。

その目にもとまらぬ連撃を真は爪を使い、弾き飛ばす。

『主様。このままでは本当に戦闘になりますよ。奴は手加減を知りません。本気で戦えば周囲は全て灰燼《かいじん》に帰します』

真からの心配そうな念話が届く。

『言っただろう？　命がけの戦いでないと、意味がないんだよ』

『はあ……』

真がため息をつく。

「忌々《いまいま》しいわ！　私の一撃を止めるなんて……けどその程度で調子に乗ってもらっては困るわね。狐火」

莉世の言葉と共に、周囲に数十を超える大量の巨大な炎球が生み出される。

その球はふよふよと真を囲むように浮かんでいる。

「不知火《しらぬい》」

囲むように浮かんでいた炎球が連鎖するように爆発する。

一つ一つの威力が凄まじく、それに真の動きが取られる。

「坊やを守らなくて大丈夫なの？　隙だらけよ？」

莉世の尻尾が槍《やり》のような鋭い突きとなって俺に襲い掛かる。

「水行・水龍爪《すいりゅうそう》」

俺は水でできた巨大な龍の腕を生み出すと、突きに合わせるようにその尻尾を斬り裂き弾く。

「俺が、なんだって？」

「生意気ね……」

俺の言葉を聞き、莉世は顔を歪め爪を舐める。

「狐火・焔弾《ほむらだま》」

莉世の口から、大量の炎弾が俺に向かって放たれる。

「主！」

真が心配そうな声を上げるも、俺は無言で莉世を指差す。

その意図をくみ取った真は小さく頷くと、莉世を狙って跳躍する。

「臨兵闘者皆陣列前行。守護護符よ、その力を示し、我を守護せよ。急急如律令！」

守護護符から結界を展開し、炎弾を受け止める。

跳んだ真はそのまま上空から冷気を纏った爪を莉世に叩き込む。

その一撃の衝撃は凄まじく、大気が揺れ、地面が割れた。

「抑え込めたか?」

俺は砂埃《すなぼこり》で見えなくなった前方を見渡す。

すると、凄い衝撃音が前方から聞こえてきた。

莉世の尻尾のうち、一尾が真を貫いていた。

「真!」

だが、莉世の攻撃はまだ終わらない。

「重いのよ、くそ犬!」

莉世は炎を纏わせた拳を真の顔面に叩き込んだ。

再び轟音と共に、真がこちらに吹き飛ばされる。

相変らず豪快だな。

一〇メートルを超える二人の戦いは正に怪獣大戦争と言っていいだろう。

「すみません、主。抑えきれずに一撃もらいました」

真はすぐに体を起こす。

「良い。そもそも相性が悪いからなお前たちは。俺が援護する。合わせ技といこう。水《すい》行《ぎょう》・大瀑布《だいばくふ》」

俺は護符に霊力を込め、呪を唱える。

護符から恐ろしいほどの水が瀑布となって莉世に襲い掛かる。霊力を大量に込めたため、小さな湖ができそうなくらいの水量である。

一瞬で俺の意図を察した真が笑う。

「凍宵《いてよい》」

真は俺が生み出した水を全て、即座に凍結させる。

真夏であるにもかかわらず、周囲は全て凍り霜が降りている。

「九尾の凍り付けの出来上がりだ」

近づこうとする俺を真が制する。

「主、お下がりを」

その言葉と同時に、氷にヒビが入る。

凄まじい爆炎と共に、氷が砕かれた。

そこから現れたのは相当ダメージが入ったのか、血走った眼をした莉世である。

「やるじゃない。あのレベルの水行を使える陰陽師がまだいるとはね。効いたわ。侮ったことは謝罪するわ。この技を使うのは、一〇〇〇年ぶりよ」

莉世の背後に、円を描くように黒炎が一つずつ灯り始める。

それはさしずめ仏の後光のように、だが黒々と輝く。

「これは……本気だなあ真」

俺は頭を掻く。

「本気か、莉世！　その技を使ったら周囲一帯は更地になるぞ！」

「私が周囲なんて気にするとでも？」

飄々《ひょうひょう》と莉世が答える。

「このっ……！」

「真。お前はただ本気の一撃をぶつけろ。余波は俺が抑える」

「……はっ」

「狐火・炎天獄葬《えんてんごくそう》」

地獄の鬼も焼き尽くすといわれる黒炎である。一度触れたが最後、全てを焼き尽くすまで消えないといわれる地獄炎。

背後に灯っていた黒炎が莉世の目の前で一点に交わり、そして放たれた。

それに合わせ真も妖力を込めた巨大な氷弾を生み出す。

「氷《ひょう》華《か》絶冷《ぜつれい》」

大口真神が本気で生み出す氷。それは何百年もの間、決して溶けることはないといわれている。空間も、時間も全てを止める。

それが合わさるように放たれた。

同時に放たれた一撃が交わり、拮抗《きっこう》する。

このレベルの一撃が同時に爆《は》ぜると、周囲は全て消し飛んでしまうだろう。

「せっかく父からもらったものだが、使うしかあるまい」

俺は父からもらった勾玉を取り出すと、呪を唱えながら九字の印を結ぶ。

「臨兵闘者皆陣列前行！　結界術・御仏《みほとけ》の社《やしろ》。急急如律令！」

俺は刀印《とういん》を結び、横・縦の順に四縦《しじゅう》五横《ごおう》の直線を空中で切る。

展開された立方体の結界で包み込むは、俺たち全て。

御仏の社は元々神を守るために作られた結界術といわれている。

だが、この結界術の不思議なところは内側からの衝撃にも強いことだ。

その性質のため、神を閉じ込めるために生み出された術ではないかと考察する者がいたくらいである。

本来は何十人という大人数で生み出す陰陽術だが、今回は依代を使い大量の霊力を消費することで一人で発動する。

そして、遂に拮抗していた妖力が爆ぜた。

強大なエネルギーをなんとか結界で抑え込む。

だが、完全に抑え込むことは叶わず、結界にヒビが入った。

神を守るためのこの結界にヒビを入れるとは……。

だが、これなら抑え込める……！

数秒の爆発を経て、ようやく周囲は静寂を取り戻した。

莉世も多くの妖気を消費したためかかなり弱っている。

勝負はまだ終わっていない。

俺はそのまま莉世のみを包むように結界を縮小させる。

「この……！」

莉世はそれに気づき動くも、もう遅い。

莉世は完全に結界に閉じ込められ、満足に動くこともできなくなった。

「終わりだよ、莉世」

「子供とは思えないほどの陰陽術。だけど、こんな結界すぐに砕いてあげるわ」

「砕けるまでこちらが待つと思うか？」

真が口に冷気を集中させている。

この至近距離で真の一撃を受ければ、いかに莉世といえど完全に凍結可能だろう。

それを理解している莉世が顔を背ける。

勝負はついた。

「莉世、まだわからぬか？」

俺は静かに声をかける。

「気安く呼ぶな」

「ほう、随分な口を利くな。姿形が変わったからと言ってこの俺を忘れるとはな。莉世」

俺は今まで抑えていた霊力を全て放出する。

「こ、この霊力……。ま、まさか道、満様？」

莉世の言葉が震える。

「遅いわ、たわけが」

次の瞬間、莉世は人間の姿に変化《へんげ》した。

綺麗な赤い着物を着た少女。そして帯で締め付けていてもわかるくらい胸元は扇情的だった。

闇夜のように漆黒で、艶のある腰より長い黒髪。前髪は綺麗に一直線に水平に切り揃えられている。

陶器のように白い肌に、長いまつ毛。大きな黒い瞳は、見ていると吸い込まれそうなほど輝いている。

潤いを感じるその唇。

傾国の美女といわれる九尾の人化。

まだ少女の姿であるのに、その妖しい美しさはほとんどの男を狂わせるほどの魅力があった。

そのはずであるのだが、次の瞬間莉世は顔をぐしゃぐしゃにして、飛びついてきた。

「道満様！　本当に……本当にお会いしとうございました！　この一〇〇〇年間、道満様だけを考え生きておりました。道満様のいない世など、私にとって価値はありません」

その目は充血していた。

「すまない……少し長く待たせすぎた」

「もう……良いのです。もう一度会えたのですから！　先ほどは愚かにも道満様に牙を剝くなんて、神をも恐れぬ所業を行ってしまいました。どのような処罰でも甘んじて受け入れます」

莉世は俺から離れると、頭を下げ跪《ひざまず》く。

『私のことは本物だとわかって襲ってきたくせに、なんという態度の違い……』

呆れたように真が言う。

「罰などない。莉世、再び俺の式神となれ。再び暴れる」

それを聞いた莉世の目から再び涙が溢れる。

「なんという慈悲深さ……。莉世は感動してます！　私の心も体も全ては道満様の物です。いかようにでもお使いください」

「莉世。わかると思うが俺は転生した。今世では道弥と名乗っている。今後は道弥と呼べ」

「畏《かしこ》まりました」

莉世は恭しく頭を下げた。

俺はさっそく式神契約の呪を唱える。

「臨兵闘者皆陣列前行。我が名は芦屋道弥。芦屋家にその名を連ねる陰陽師也。我が名において、命ずる。莉世よ、我と契約を結び、我が式神と成れ」

呪を唱えると、霊力が莉世の体を包み始める。

「貴方は私の世界の全てです」

その言葉と同時に、莉世の体が輝き、閃光《せんこう》のような輝きが周囲を貫いた。

閃光の後には、自らの体を見つめる莉世の姿があった。

「ああ……これでまた道弥様の物になれた訳ですね。それだけで体が震えます！」

と恍惚《こうこつ》の表情を浮かべる莉世。

「この変態が……。主よ、本当にこの馬鹿でよろしいのですか?」

「はあ!? 真面目君の貴方には何も言われたくないんですが? 貴方こそ神社で人間共に祀られていればいいのでは?」

真の言葉に莉世がキレ返す。

「人間に迷惑ばかりかけているお前よりましだ!」

「妖怪は自由に生きてこそ。圧倒的な力を持ちながら何を言っているのやら。呆れます。まあそんなことはどうでもよいです」

とコロコロと笑う。

突然莉世はこちらを振り向くと、飛びつかんばかりの勢いで抱きついてきた。

「ああ〜! 一〇〇〇年ぶりの道弥様! どのような姿になっても凜々《りり》しく、お美しいです!」

そう言って莉世は、俺を撫で回し始める。

謎の愛情表現だ。お前最初気づかなかっただろ、という突っ込みは野暮だろう。

随分幸せそうなのでしばらくはやらせておくか。

「莉世、他の式神の行方は知らないか?」

俺の言葉を聞き、莉世は首を傾げる。

「私、他の奴らの居場所なんて知りませんわ。興味ありませんもの」

「やっぱりか……。そうだと思っていたが」

基本他人に興味のない莉世に聞いたことが間違いだった。

やはりあとはじっくり探すしかないか。

莉世との戦闘を経て、俺の霊力はまた増加している。

正直陰陽師試験は式神すら必要ないだろう。

「我々を集めるということは、あの裏切者共の一族に復讐するのですか？　ここ一〇〇〇年であの裏切者共も随分繁栄したらしいですね」

莉世は好戦的な笑みを浮かべる。

「……ああ。我ら芦屋家に裏切者の汚名を被せた安倍家には必ず地獄を見てもらう。そして同時に芦屋家の汚名も雪《そそ》ぐ。ついてきてくれ」

「はい！　どこまでも」

「主のお心のままに」

俺は二人を連れて、栃木県を去った。

◎

道弥がのんびり空の旅を楽しんでいる頃、陰陽師協会栃木県支部は騒然としていた。

原因は勿論莉世だ。

莉世の住処の山を包んでいた結界は、栃木県支部長である二級陰陽師の男が、部下と共に高価な護符を大量に使い作成した特製の結界である。

その結界は莉世を止められるほど強力な物ではない。代わりに中で何かあった時に、術師にその異変を知らせることに特化されていた。

支部長は、莉世が完全顕現し戦闘を行ったことにすぐに気づいた。

彼は部下を連れながら支部の建物内を足早に進む。

「九尾が完全顕現し暴れたなんて知られたら、国が大混乱に陥るぞ！　すぐに偵察部隊を白光山に出せ。そして協会本部に一級陰陽師派遣の要請を。ああ……くそ！　なんで俺が結界を張った時にこんなことに」

男は苛立ったように頭を掻く。

「まあ、もし暴れたら一級陰陽師の方を呼べば大丈夫ですよ。そんなに慌てなくても」

と楽観的に五級陰陽師の若い女が言った。

その言葉を聞いて、男は足を止める。

「馬鹿野郎……。一般人には知らせていないが、九尾の討伐には既に何度も失敗している。一〇〇年以上前の話だが、当時三人の一級陰陽師がチームで討伐に挑み、全員返り討ちに遭った。なぜ奴が放置されていると思う？　誰も討伐、調伏できなかったからだ」

「え……そんな⁉　一級陰陽師は一級妖怪をソロで討伐できる実力があるから一級陰陽師じゃないんですか？」

「それは二級までだ。現在一級以上の妖怪は全て、一級妖怪として登録されているが昔は特級妖怪という更に上の階級があった。つまり現在の一級妖怪には、昔の特級妖怪が交じっているということだ。特級妖怪までになると国が亡《ほろ》ぶかどうかという規模の戦いになる」

昔からの陰陽師しか知らない事実に、若い女の顔も暗くなる。

「なんで特級妖怪という位を消したんですか？」

「……現在の日本に特級陰陽師に値する存在がいないからだ」

短くそう呟いて、支部長は莉世の住処だった白光山へ向かった。

支部長は、支部で保管している最高級の護符をありったけ持ち、白光山の奥へと進む。

支部長は中腹で偵察部隊の者たちと合流を果たした。

「九尾は見つかったか？」

「いえ……姿は見えません。ですが、こちらへ」

そう言って偵察部隊は支部長を案内する。

向かった先は、木々が全てなぎ倒されていた。まるで巨大な生物にむりやりへし折られたかのように。そして地面には巨大なクレーターのような大穴が広がっている。

「おそらくここで戦闘があったと思われます」

「この規模……おそらく九尾の相手も特級妖怪レベルだろう。結界を擦り抜けられたのか。考えられんが……九尾は祓われたのか？」

支部長が地面の跡を見ながら呟く。

「わかりませんが……姿が見えないということはおそらく。陰陽師が調伏したという可能性も」

偵察部隊の男が何気なく言った後、皆で笑う。

「あの化け物を調伏できる陰陽師などいる訳ないだろう。安倍家当首でも難しいんじゃないか？」

冗談で少し気が緩んだのか、支部長も笑顔で話す。

「そうですね失言でした。安倍家といえば、来月の陰陽師試験の統括は安倍家次期当首らしいですね」

「ああ。彼も一級陰陽師になったんだったな。まだ若いのに、安倍家はやはり怪物揃いだ。これで一級陰陽師も八人。そのうち二人が安倍家とは……」

支部長はしばらく現場を確認したが、最後には九尾は妖怪同士の争いにより討伐されたと結論付けた。

全く九尾の気配が山から感じられなかったためだ。

白光山の九尾討伐の情報は、一部の陰陽師の間で小さく話題となった。

◎

俺は真に乗って東京にある自宅にたどり着いた。

「主様、何かありましたらお呼びください」

そう言って、真は姿を消した。

「ありがとう、真」

俺は真に礼を言った後、玄関を開ける。

「ただいまー」

俺の声を聞き、奥から両親が走ってやってきた。

「無事だったのね！」

母はそう言って、俺を抱き締める。どうやら中々心配をかけていたらしい。

「おかえり。無事、式神を使役できたんだな。顔を見ればわかる」

「はい。立派な式神を」

俺がそう答えると、後ろに何かが召喚された。

「立派なんて……照れますわ」

そこには片手を頰に当て、頰を赤く染めた莉世がいた。

呼んでねえのに出てきやがったよ。

「お父様、お母様、この度道弥様に使役された式神の莉世と申します。どうか末永くよろしくお願いします」

まるで恋人が両親に挨拶するかのように莉世が両親に頭を下げる。

「あらあら。道弥ったら、こんなに可愛い式神を連れてきて。さすが私の息子ねえ、隅に置けないわ」

母はまんざらでもない対応である。

「道弥様には私の全てを捧げるつもりです、お母様。絶対に道弥様には傷一つつけさせませんので、ご安心を」

「頼もしいわー。とっても綺麗な着物ねえ」

「ありがとうございますー」

「なんの妖怪なのかしら？」

「狐ですわ」

とほのぼの挨拶をしている。俺以外にまともな対応をする莉世は中々レアだ。

一方父はというと、ありえないようなものを見るかのような形相で莉世を見ていた。

「莉世さん、といったかな。む、息子をよろしく頼むよ」

「はい、お父様。お任せください。全てにおいて、私が道弥様を幸せにします！」

苦笑いの父と対照的に莉世は素晴らしいほどの笑顔だ。

「道弥、少し話そうか」

挨拶の後、父は凄い速度で俺を引っ張って外に出る。

「おい、なんだあの子は！　妖怪なのに全く妖気を感じない。これだけ隠せるということはよほど妖気操作が高くないと無理だ。狐って言っていたが明らかにそこらの妖狐のレベルじゃない」

九尾と言ったら、父は倒れそうだな。

「父さん、莉世は……強い妖狐です」

素晴らしく強引な説明だった。

というか、なんの説明にもなってない。

「だが、明らかに普通の妖狐じゃ……」

「強い妖狐です、父さん」

俺は父の両肩をしっかりと掴み、告げる。

「そ、そうか……わかったよ道弥。俺はどうやらお前のことを完全に理解できていないらしい」

どうやら父は考えるのを諦めたようだ。

「道弥、ご飯作ってあげるから、早く戻ってきなさい～」

母の声が家から聞こえる。

「はーい」

俺は母に呼ばれ、家に戻った。

帰宅して一週間。俺は鍛錬は欠かさなかったものの、のんびりと過ごしていた。

「そういえば道弥。今日、夜月ちゃんが来るって言ってたわよ」

母が思い出したかのように言う。

「え？　そうなの？」

俺は朝食を食べながら言葉を返す。

「忘れていたわ。貴方が旅に出ていた時に一度訪ねてきたのよ。一〇時くらいに来るんじゃない？」

「了解」

夜月には最近までずっと陰陽術を教えていた。近頃は学校も忙しく教える頻度は減ったが今でもたまに教えている。

夜月の実力はおそらく既に三級に近い四級といったところか。

陰陽師試験も余裕だろう。

しばらく家で護符作成をしていると、呼び鈴が鳴る。

「はいはい」

俺が玄関の扉を開けると、そこにはどこか気まずそうな顔をして立っている夜月の姿があった。

ここ一〇年ですっかり背も伸びてモデルのようなスレンダー体型だ。

昔から気にしていた長い銀髪も太陽に当たり輝いている。呪いどころか、夜月の美しさを何よりも引き立たせていた。

長いまつ毛に、綺麗な青の入った瞳。大変整っているが、どこか愁いを帯びているのが夜月らしかった。

「久しぶりだな、夜月。なんか元気ないな。何かあったのか？」

俺の言葉を聞き、夜月はわずかに驚いた顔をした。

「知らないのか?」

「何をだ?」

俺の反応を見て、夜月は大きく息を吐き、そのままうずくまる。

「なんだ……知らないのか。ならいい」

夜月は安心したように、そう呟いた。

なんのことかさっぱりわからない。なんの話だ。陰陽師業界からハブられている芦屋家の情報網を舐めてもらっちゃ困る。

「なんのことだか。陰陽師試験の話じゃないのか? 出るんだろ?」

「私は……出たいとは思っているんだけど」

何やら歯切れが悪い。

「実力は十分にある。受けない理由はないだろう? 家の事情か?」

「必ず認めさせてみせるさ。そのために今まで教えてもらったんだからな」

「ああ。試験で会うのを楽しみにしてる。昔みたいに師匠と呼んでもいいんだぞ?」

俺の言葉を聞き、夜月が顔を赤らめる。

「いつの話をしているんだ! 確かに今でも師匠ではあるんだが……」

もう師匠って呼ぶのが恥ずかしいお年頃らしい。

昔と口調も変わり、成長を感じる。

突然、自分の後ろに何かが顕現するのを感じる。俺がゆっくりと後ろを振り向くと、予想通りそこにはにっこりと笑う莉世の姿があった。

莉世は俺の元へ歩いてくると、低い声で尋ねてきた。

「道弥様。その小娘は誰ですか？　私は何も聞いておりませんが？」

口元は笑っているが、目元は全く笑っていない。

「友達だよ。なんで俺がお前に夜月のことを言わないといけないんだ？」

「へえ。夜月と呼んでいらっしゃるのね」

そう言うと莉世は夜月の元へ歩いていく。

「私は道弥様と深ーい仲の莉世と申します」

夜月はそれを無言で聞く。これ夜月、イラっとしているな、と察する。

「私も聞きたいな。この女は誰だ、道弥」

何も悪いことをしていないのに、二人とも苛立っている気がする。

「……俺の式神だ」

「式神……人に化ける妖怪だな。道弥はこういう女がタイプなのか？」

そう言って莉世を見つめる夜月。

赤い着物を着た莉世はその綺麗な黒髪も相まって典型的な日本美人である。銀髪の夜月とは正反対かもしれない。

「なんでそうなる」

俺は呆れたようにそう返した。

だが、それを聞いた莉世は俺の右手の裾を引っ張って上目遣いでこちらを見つめる。

「道弥様、私の見た目は好みではありませんの？　道弥様に愛されるために日々美しくあろうと努力しておりますのに、あんまりです……」

「別に好みじゃないとは言ってないだろ」

あざとい……が、泣きそうな目で言われて好みじゃないと言える男はいないのではないだろうか。

『なんとかしろ、真』

俺は顕現せずに傍観している真に助けを求める。

『主様、それは無理というもの。昔から男は女性に敵わないものです』

と真は悟ったようなことを言う。

この狼、実は経験豊富なのかもしれない。

俺の言葉を聞いた莉世は嘘泣きをやめにっこりと微笑むと俺の右手を両手で包み込む。

「存じております。道弥様は私のような強くて美しい女性がタイプなの。小娘は出直してきなさい！」

「私と道弥はもう一〇年近い付き合いだ！　お前のような最近式神になった奴こそ出直してこい！」

莉世の売り言葉に、夜月も買い言葉で応じる。それを聞いた莉世がわなわなと震える。

「なっ⁉　私と道弥様は、せ――」

俺は莉世を強制的に帰還させた。喋りすぎだ、莉世。

「ふう……疲れた」

精神的に。

『酷いです、道弥様！　急に強制帰還なんて！』

脳内に響く莉世の声。

『喋りすぎだ。転生してきたことを話そうとするな』

『……承知しましたわ』

ようやくおとなしくなったか。

「あいつ、何か言おうとしていなかったか？」

夜月が首を傾げる。

「気のせいだろう」

「そうか。確かに綺麗な式神だったが色々大丈夫なのか？　個性が強すぎるような……」

「癖が強いのは確かなんだが、あれで中々頼りにはなる奴なんだよ。癖は強いんだが」

「人間にしか見えない姿に完全に妖気を隠す技術。ずっと式神を持たなかった道弥が使役する式神だ、きっと強いのだろう。陰陽師試験はもうすぐだ。お互い頑張ろう」

そう言って、夜月は手を差し出す。

「勿論俺はトップで合格する。断トツのな」

「私も一位を目指す。勝負だな」

「まだまだ弟子には負けんさ」

俺はそう言いながら夜月と握手を交わす。

陰陽師試験は近い。

◎

夜月は自宅に戻ると、大きく息を吐き呼吸を整える。

(はっきり自分の意思を伝えるのだ。自分自身を信じろ!)

夜月は覚悟を決めると、扉を開ける。

そこにはソファに座る夜月の父の姿があった。

「夜月か。今年陰陽師試験を受けるつもりらしいな」

「はい」

その声からは緊張が感じられる。父の言葉を聞いただけで頭が真っ白になった。

「お前の成績次第ではうちに泥を塗ることになる。その覚悟があってのことか?」

その問いに、夜月は俯《うつむ》いてしまう。

完全に萎縮していた。父は小さくため息をつく。

「お前は兄のようにはなれん。もっと鍛錬を積み、数年後に受ければいい。話は終わりだ」

その言葉を聞き、ただ夜月は小さく震えていた。

（やっぱり無理なんだ、私には……）

夜月の顔は絶望に染まっていた。

話は終わったとばかりに立ち上がる父を見て、夜月は道弥を思い出した。

（このままじゃ何も変わらない。伝えるんだ、自分の思いを）

「私はいつも、自分に価値などないと思っていました。この家では誰も、私に期待していないことも、知っています。私は兄ほど凄くないことも」

夜月はたどたどしくも話し始める。

「でも、だからといって諦めたくない。私は無力な自分から卒業し、誇れる自分でありたいのです。他の誰が認めてくれなくとも、私自身が私を認めてあげられる。そんな自分になりたいのです。自分自身を認めるために、陰陽師試験を受けたいんです。必ず、そこで結果を残します。一位を取り、安倍家の名に相応しい結果を持ってくると約束いたします！」

夜月はそう言って、頭を下げた。

室内に沈黙が降りる。

「……そこまで覚悟が決まっているのなら良いだろう。結果で示せ」

父の言葉を聞き、夜月の顔が笑顔に変わる。

「ありがとうございます！」

夜月は丁寧に頭を下げると、その場を辞した。

「兄の陰に隠れていたが、良い顔をするようになった。誰も陰陽術を教えていないはずだが、結果が楽しみだ」

父は夜月の成長を感じ、微笑んだ。

第三章　陰陽師試験

八月一四日。

陰陽師試験の前日の夜。既に申し込みも済ませた俺は日課の霊力消費を終え、縁側で月を眺めていた。

風が心地よい。縁側の屋根についている風鈴がわずかに音を奏でる。

『ようやくだな』

『ようやく主様が、表舞台に立たれるのですね。よもやここまで芦屋家の名声が落ちているとは私も思いもしませんでしたが』

真の声が脳内に響く。

『全ては俺が弱いからよ。あの時、俺が晴明の不意打ちを予想していれば……芦屋家は今もその名を轟《とどろ》かせていたに違いない。安倍家の悪逆非道な行いも全て、一〇〇〇年も経てば誰も証明できない。残ったのは芦屋家の悪名だけだ。だが、必ず安倍家にはしかるべき報いを受けさせる。必ずな』

『矮小《わいしょう》なる身ですが、お供いたします』

床がわずかに軋《きし》む音が鼓膜に触れる。振り向くとそこには父が立っていた。手には珍しく日本酒を入れたお猪口を持っている。

「よっこらせ。珍しいな、道弥が縁側で月を見ているなんて」

父が俺の横に腰を下ろす。

「たまには良いものですよ、父さん」

「明日だな。実力ならば、全く問題はないだろう。だが、妨害が入るかもしれない。気をつけろよ」

「芦屋家だから？」

「ああ。あれだけ大規模な試験でも未だに不正があると聞く。すまない。私が三級陰陽師になれてさえいれば、少しは芦屋家の地位も上がっていたかもしれないんだが」

父は申し訳なさそうに言う。

父は未だに三級に上がれていない。実力は少しずつ上がっているが、未だに三級の壁に阻まれているのが現状だ。

「大丈夫だよ、父さん。俺は父さんの努力を知ってる。圧倒的な一位を取って、芦屋家の凄さを日本中に知らしめるから」

目指すのはただの一位ではない。圧倒的差をつけた一位だ。必ず芦屋家の名を全国に知らしめる。

「お前なら必ず合格できるよ。自慢の息子だ。まだ子供なのに、芦屋家を背負わせてしまってすまない。無理だけはするなよ。別に陰陽師じゃなくても、お前が幸せならなんでもいいんだからな？」

「ありがとう、父さん」

元々は俺が蒔《ま》いた種だ。俺が芦屋家の汚名を雪がなければならない。

夜も更ける。陰陽師試験の始まりは近い。

八月一五日。

夏の終わりも見える頃。遂に陰陽師試験が始まる。

俺は電車に乗り、試験会場へ向かう。

『試験とは何をするのですか？』

真が尋ねてきた。

『陰陽師試験は例年、三次試験まである。今日は一次試験だけだ。毎年二万人以上受けることもあり、一次試験は全都道府県で行われるらしい。東京だけで数か所試験会場があるくらいだ。一次試験は霊力測定だ。霊幻草《れいげんそう》を覚えているか？』

『……なるほど。楽勝ですなあ』

俺の問いで理解したのか、真が笑う。

霊幻草は昔からある、白い花を咲かせる植物だ。だが、霊力を注ぐと、その注入者の霊力に応じて花びらの色が徐々に変わるという不思議な習性があった。

白から順に、橙《だいだい》、黄、緑、青、赤、紫、黒と色を変える。白色は霊力がない一般人。橙色が六級。色が変わるにつれ階級は上がっていき、紫色は現代で言う一級陰陽師程度。

黒色は今は存在しない特級陰陽師程度の霊力を持つ。

花に相当量の霊力を注げば変わるのでなく、霊力を注入した者の総霊力を測定することから不正がしづらい代物でもある。

『どの程度で合格なのですか？　緑程度はやはり欲しいところでしょうか？』

『何を言っているのですか？　道弥様が受けるのよ、赤は必要に決まってるでしょう？』

『お前ら……黄色以上で合格だよ。今回は合格しても五級陰陽師なんだから』

二人は好き勝手言っている。

莉世との戦いを経て俺の蒼の霊力は全盛期の二割ほどまで増加していた。

今の俺は何色だろうか。

『そもそも陰陽師の祖とも言える道弥様が試験を受けるのが変ですわ』

『今やただの一般人だからな。そろそろ着くぞ』

俺はようやく試験会場に到着した。

都内某所のイベント会場を貸し切っての試験のようで、既に多くの受験生で混雑している。

試験料金は一〇〇〇〇円と非常に安い。

少しでも間口を広げたいのだろう。

俺は行列の最後尾に並び、順番が来るのを待った。

待つこと三〇分、ようやく受付にたどり着く。

「事前登録は済んでる？　試験料金は一〇〇〇〇円だよ」

受付の若い男性職員が尋ねてきた。

「はい」

俺は事前にネットで予約した予約完了画面を見せる。不正防止用に携帯で撮った顔写真が画面には映っていた。

職員は顔写真のすぐ下にある二次元コードを読み込むと、試験料金の一〇〇〇円を受け取った。

「はい。受付完了。じゃあ六番エリアに向かってください。次の方ー」

職員が指差した方向には、大きく六と書かれた看板が立っていた。そこにも列が続いている。

『それが携帯ですか。まだ慣れませんなあ。陰陽術を扱う陰陽師とは対極なもののような気がします』

と脳内で真が呟く。

『まあそう言うな。これで中々便利なものだ』

俺は六番エリアに向かうと、再び列に並ぶ。列の先には衝立《ついたて》で区切られた部屋がある。おそらくそこで試験をしているのだろう。

部屋の中からは喜びの声や、叫び声など悲喜こもごもな声が聞こえる。

「次の方ー」

遂に俺の番がやってきた。

俺は部屋の中へ入る。

衝立で簡易的に作られた部屋には、試験官であろう二人の陰陽師が長机に並んで座っている。

その机から少し距離を置いて一つのパイプ椅子が簡素に置かれていた。

普通の試験会場と大きく違うのは、長机とパイプ椅子の間に霊幻草が生けられた花瓶の載った台が置かれていることだろう。

俺が椅子に座ったことを確認して、左の試験官が口を開く。

「それでは一次試験を始めます。一次試験は霊力測定です。霊力注入の方法はわかりますか？」

「はい」

「では、そこの花に霊力を注入してください。色が黄色になれば合格ですよ」

俺はその言葉を聞き、霊幻草の茎を摘まむと霊力を流す。

すると霊幻草の白い花弁が、橙に変わり、黄に変わる。

花弁はそのまま緑、そして青に変わった。

「青……⁉　三級相当だぞ⁉」

青になった花弁を見て、すまし顔をしていた若い男が立ち上がる。

だが、色は青から更に赤に変化した。

「なんと……」

左の男も小さく息を呑んだ。

赤くなった花弁は、その後、綺麗な紫色に変わる。

黒は……いけるか？

俺は無言で花弁を見つめる。

そして、花弁は最後に黒色に変わった。

「く、黒……？　本当に存在していたのか⁉」

黒色の花弁を見た若い男は信じられない物を見たと言わんばかりの驚愕した表情で呟く。

『まだ全盛期の頃の力まで戻っていないでしょうに、黒とは。素晴らしいですなあ』

『道弥様なら当たり前ですわ！』

一方で、二人の試験官は動揺しているのか、二人で話し合っている。

「ど、どうしますか？」

「とりあえず上を呼ぶ。申し訳ないが、少し待っててくれ」

試験官の一人がそう言って奥の方に消えていった。

『わかりません。黒なんて合格に決まっているのに、なぜ待たせるのか』

莉世がため息をつく。

『黒の新人など今までおらぬのだろう。人というものは常識外の人間を見ると、理解できないものなのだ。なに、すぐに合格になる』

長年人に祀られ、人を見守っていた真がしみじみと言う。

しばらく待っていると、奥の方から特注であろう大きな狩衣を着た中年の男が先ほどの男を連れてのしのしとやってくる。

不摂生を感じさせる太った体に、面倒くささを隠さない不快そうな顔をしていた。

男は体を掻きながら、嫌そうにこちらへ目を向ける。

「ああ~？　このガキが黒？　そんなの不正に決まってるだろ。不正にしてもやりすぎたな。失格だ、クソガキ」

太った男は面倒そうにそう言った。

「今なんと？」

俺は怒りを押し殺して静かに尋ねる。

このデブ、なんの確認もせずに黒を出しただけで失格だと？

ふざけるのもいい加減にしろ。

「お前、とりあえず黒になれば自動的に合格できるとでも思ったか？　たまにいるんだよ。お前みたいに不正をして陰陽師になろうという馬鹿がな。陰陽師試験は毎年合格率一パーセントの超難関試験だ。合格すれば食ってはいけることもあり、不正してでもなろうとする馬鹿もいる。お前みたいにな」

男は脂ぎった顔で、こちらが不正したと決めつけて話し始める。

「不正したという根拠はあるんですか？」

俺は苛立ちを隠しながらなんとか口にする。

『殺しますか？　私なら一瞬で骨まで燃やせますよ？』

同じく莉世も苛立った声で言う。今にも顕現しこいつを殺しそうだ。

「黒色が不正を物語っているんだよ。お前のような素人にはわからないかもしれないがな。黒色とは日本最高峰である一級陰陽師すら超える特級陰陽師相当の霊力。現在の日本には一人も存在しないほどの到達点なのだ。そんな怪物がお前のようなガキだと？　冗談にしても出来が悪いわ！　だいたいどこの家の者だ、お前のような馬鹿を生んだのは」

そう言って、男は持っていたタブレットを触り始める。

「お前は芦屋家か！　ハハハハハ！　裏切者の芦屋家！　そうか、認められたくて遂に不正にまで手を出したのか。実に馬鹿な家の子供らしい行動だ。当主ですら三級に達していない弱小陰陽師一族から特級など笑い話にもならん。私も当主は見たことがある。実に無能そうな愚かな男だった。その息子なら不正をしてもおかしくは――」

父を――！

「では、俺が不正をしたか直接確かめてみるか？」

「そんなことをする必要はない。俺が不正と言ったら不正だからな」

「怖いのか？　弱小陰陽師家の子供とすら戦うのが怖いんだろう？　偉そうに言っていても所詮、実力もなく、ただ家の力だけで上がった男じゃ戦えないか」

俺は馬鹿にするように言う。

それを聞いたデブが憤怒の表情に変わる。

「調子に乗ってくれるじゃないか。雑魚の芦屋家風情が。二級陰陽師の強さを教えてやるわ。死んでも知らんぞ、クソガキが。おい、そこの試験官審判をしろ。もしお前が一発でも入れられたら合格にしてやる。まあ、ありえんがな」

試験官が不安そうに俺とデブを交互に見る。

「命を奪うような行為は勿論、禁止でお願いします。私が、勝負が決まったと判断した場合は止めさせてもらいますので、ご了承お願いいたします。戦闘は基本ルールで」

試験官はそう言うと、結界を張る。戦闘で被害を出さないためだ。

陰陽師同士の戦いの基本ルールとは、式神、陰陽術あり、呪具・護符なし。式神は自分自身とみなされるため許されている。

「構わん。式神でも陰陽術でもなんでも使うがいい。戦闘でも不正ができるのならな！」

デブはすっかり勝ったつもりで、ニタニタと笑う。

「それでは……始め！」

「出ろ、真」

俺はそう呟いた。

俺の言葉と同時に、隣に数メートルほどの真が顕現する。白く風格を漂わせる神狼。

それを見た瞬間、周囲の人間たちの顔色が変わる。

「犬……犬神？　狼系の妖怪か？」

デブは先ほどの余裕そうな表情から一転、真を真剣な顔で見据える。

「水行・水烈《すいれつ》――」

デブが呪を唱え終わる前に、真は一瞬でデブの目の前まで移動する。

デブの顔が真っ青に変わると同時に、真はその前足でデブを足払いし体勢を崩す。デブの左足の骨が砕ける音がした。

「ぐああっ！」

デブの顔が歪む。

畳みかけるように、その牙がデブの首元で止められる。

デブは完全に敗北を悟ったか、その手は震えていた。

俺はちらりと試験官を見る。

「しょ、勝負あり！　芦屋道弥の勝ち！」

試験官はすぐさま判定を下す。

「ありがとう、真」

俺は真に礼を言うと、そのまま帰還させる。

だが、真が消えてしばらくしたデブは、落ち着いたのか叫ぶ。

「ふざけるな！　俺の足は折れているぞ！　明らかにやりすぎだ！　失格だ、失格！」

醜い……。実に愚かで、滑稽な。

これほどまで陰陽師協会は腐っているのか。

俺は三人に向けて丁寧に頭を下げる。

「本日はありがとうございました。試験は終わったようですので失礼します」

「まだ話は終わっていないぞ！」

「これほどに実力を見せてなお、失格になるのならそのような組織こちらから願い下げです。この私、芦屋道弥は不正など恥ずべき行為を行ったことは一度もない。我が名に懸けて。それでは」

俺はそう言って試験会場を去った。

◎

試験官をしていた八百昂《やおすばる》は今見た光景に息を呑んだ。

弱小として侮られ続けていた芦屋家の少年。彼は不正などすることもなく、最後まで正々堂々と戦い抜いた。

(彼はここで今、失格になるべき存在ではない。そんなこと絶対にさせるべきではない！たとえ私が、どうなろうとも！)

彼は三級陰陽師。既に三〇を超え、陰陽師として経験も積み、部下も多い立派な上級陰陽師だ。

そんな彼は自分より半分の年齢に過ぎない少年に憧れの気持ちを抱いていた。

今回の試験では上司に当たる四条隆二《しじょうりゅうじ》。醜い脂肪を震わせ、今も汚い呪詛《じゅそ》の言葉を吐き続けている。

彼は宝華院家の分家である四条家の当主でもある。

「少し強い式神をもっているからと調子に乗りおって！　最初から式神を出していれば負けておらんかったわ！　おい、さっさとあのクソガキを失格にしておけ」

「大丈夫ですか、四条様。この私が必ず然るべき処理をしておきます」

八百はにっこりと笑った。

「今日見たことはわかっているだろうな？」

デブこと四条は睨みを利かせる。

「勿論です。絶対に口外いたしません」

「よろしい。骨折を治療してくる」

四条はそう言うと、のしのしと帰っていった。

四条が去っていった後、八百は無言でタブレットを操作し、合格のボタンを押した。

その際何色に変色したか記載する欄があるが黒色の欄は存在しない。

新人が出すことは想定していないからだ。

八百は悩んだ後に、赤色と入力した。紫色と記載して道弥に不正疑惑がかかることを防ぐためだ。

「いいんですか、先輩？　逆らう形になってしまいますよ？」

後輩が心配そうに八百に尋ねる。

「構わないさ。ここで合格にしてしまえば、後からばれたとしても不合格にはできない。

私は彼のファンになってしまったんだ」

八百はそう言って、笑った。

◉

やってしまった……。

俺は放心しながら電車に揺られていた。

「絶対落ちたな……」

個人的な感情を優先してしまった。

『すみません、主様。私が奴の足を折ってしまったばっかりに』

真の念話が届く。

『いや、真は何も悪くない。父を馬鹿にされて俺も少し苛立っていた。落ちたら……来年頑張るか』

両親になんて言おう。一位を取ると言ったのに……一次試験で落ちるなんて。

頭を抱えて唸っていると、メールが届く音が携帯から鳴る。

不合格通知でも来たか？　俺はそう思いながら携帯を見る。

『一次試験合格のお知らせ』

ん？

受かっている？

俺は首を傾げる。

『やりましたね！　誰かが道弥様の素晴らしさに気づいたのですよ！』

と嬉しそうな莉世の声が頭に響く。

『あのデブが合格にするとは思えんが……助かった。これでなんとか報告できるな』

俺は安心しながら、家に帰った。

試験が終わった後に行う、デブへの復讐方法について考えながら。

一次試験から三日後、今日は二次試験の日である。

二万人以上いた受験生は八〇〇〇人にまで減っていた。二次試験は東京のとある大きなイベント会場を貸し切って開催される。

『主様、本日の試験は何をされるのですか？』

「例年だと二次試験は戦闘試験だ。妖怪との戦闘や、結界術や結界の解除など、様々な技術が複合で必要らしい」

とネットで見た。

ここで霊力だけある一般人がだいたい落とされる。

仕事柄危険な職だし、戦闘なしではやっていけないから間違ってはいないだろう。

会場には既に多くの陰陽師見習いが集合していた。

皆一様に陰陽師の正装である狩衣を羽織り、各自試験に備えている。

念仏を唱える者。護符や人形を見つめている者など様々だ。

だが、一人リーゼントで学ランを着ている男がいる。家に置いてあった昔の漫画でしか見たことのない姿だ。

なんだあれ。観光客か？

手には釘《くぎ》バットを持っている。皆陰陽師ルックな中、学ランのヤンキーは大きく浮いていた。

関わらないでおこう。

人混みも嫌いな俺は会場の端っこでのんびりと開催時間を待った。

だが、そんな俺の元へ一人近づく者の姿が見える。

「おはよう、道弥」

「おはよう、夜月」

俺の元へやってきたのは夜月だった。銀髪と狩衣姿は少しミスマッチ感があるが、夜月は所作の一つ一つが美しい。

それ故、どこか様になっていた。

「会場全体が緊張しているが、道弥は全然だな」

「これでもしているかもしれんぞ」

そう言って俺は笑う。

「道弥は緊張とは無縁だろう。皆真剣に陰陽師を目指しているんだな。二次試験からは順位が出る。二次試験では私も一位を目指す」

「まだ師匠越えは早いぞ」

「直接的な戦闘じゃなければわからんさ」

夜月もすっかり自信を持って。

随分強くなった。合格は堅いだろう。

軽い世間話をしていたはずなのに、夜月は真剣な顔に変わる。

「なあ、道弥……私は道弥に伝えたいことがあるんだ」

「なんだ？　聞くぞ？」

「いや、今はいい。最終試験後に話したい」

「そうかい。楽しみにしてるよ」

『道弥様、絶対告白ですよ！　このアバズレ！　よりにもよって道弥様に告白なんて、身の程を私が教えましょう！』

頭の中で莉世の怒った声が響く。

何を言ってるんだ、この馬鹿は。

話していると向こうから二人組の男がこちらへ向かってくる。

見たことあるような？　だが、俺は自慢ではないがほぼ知り合いがいないため、気のせいだろう。

男は俺に目も向けずに、夜月の方に顔を向ける。どうやら夜月の知り合いらしい。

「やあ、夜月。久しぶりだね。今年の試験を受けると思っていたよ。同期になりそうだ」

と爽やかそうな男が夜月に挨拶をする。

「ああ。宝華院さんもお元気そうで何よりです」

夜月はほんの少しだけこわばった声で言葉を返す。

ん？　宝華院？

こいつら、この間『陰陽師TV』で見た宝華院家の双子か！

俺は全てが繋がったような感覚で満たされる。

「宝華院さんなんてよそよそしい。俺のことは渚って呼んでよ。僕たちはこれから同期なんだからさ」

と笑顔でにこやかに話しながら、こちらを見る。

「君は誰だい？」

「芦屋道弥だ」

俺の名前を聞いた渚から笑顔が消える。

「ふうん、芦屋家か。背負うもののない弱小一族は気楽でよさそうだね。記念受験かい？」

「ぬくぬくと育ったお坊ちゃんは言うことが違うな」

「お坊ちゃん？　宝華院家は代々一級を輩出している名家中の名家。一位通過なんて当たり前なんだよ。その本家である僕たちはその重責を背負わないといけない。君のような一族にはこの大変さはわからないだろうけどね」

渚の言葉に続けるように、弟の陸も話し始める。

「芦屋？　まだあったのかよ。とっくに断絶してたと思ったぜ。芦屋家の男が夜月と一緒にいるとはな」

とにやにやと笑う。

芦屋家は他の陰陽師と一緒にいることも許されないというつもりか？

「何がおかしい？」

「何も知らねえんだな。夜月は――」

「おい、私の友人に失礼だろう！」

夜月の怒声が陸の声を遮る。

それに反応したのは兄の渚だった。

「友人は選んだ方がいい」

俺と変わらぬ年齢の子供ですらここまでの差別意識。

芦屋家への差別は相当根深いらしい。

「俺は優しいからな。お前たちを重責から解放してやるよ」

「は？」

「試験が終わった後、負けたお前たちのことなんて覚えてないから安心しろ」

俺は嘲るように言う。

「はあ？　言うじゃねえか、芦屋家風情が」

「どちらが上かはすぐにわかる。夜月行くぞ」

「ああ！」

俺はそう言い放つと、その場を去った。

夜月もその場から離れたかったのか、すぐさま走って俺の後を追ってきた。

◎

先ほどまで笑顔だった兄、渚は笑みを失い、小さく呟く。

「あんな男のどこがいいんだか」

一方、弟である陸はその兄を見つめている。

(怒ってるなあ、兄貴。だが夜月の野郎、おそらく自分の家のことを隠してやがるな)

「ハハ、本当に笑わせるぜ。最終成績トップ五《ファイブ》は氏名公表なのによお」

陸は、面白いおもちゃを見つけた子供のように笑う。

陰陽師試験の成績上位者は氏名を公表される。これは一族の凄さを見せつけるためだ。

家同士の争いが多い界隈《かいわい》であるため、自分の一族が試験通過者のトップになることは育成成功を他家に示すことができる数少ない機会だ。

同時に最終試験成績上位五人は、通常の五級陰陽師ではなく四級陰陽師から始めることが許される。

別名上位組とも言われるトップ五には大きな価値がある。

陸も勿論その座を狙っていた。

（夜月の野郎も、トップ五を狙うには邪魔だ。消えてもらうか）

「陸、夜月にはあんな男は相応しくない。そうだろう？」

「ああ。その通りだ」

真剣な声色の渚とは異なり、陸は薄笑いを浮かべていた。

それぞれの思惑は絡み合い、二次試験は始まる。

◉

会場全体に大きなブザー音が鳴り響く。

『それでは只今《ただいま》から二次試験の説明を行います。各自東展示場の一から三フロアに移動するように。そちらで追加の説明を行います』

なんの説明もないのか。

受験番号に合わせて各フロアに移動させられるようで、俺はアナウンスに従い東展示場の第二フロアへ向かった。

フロアに入る前に荷物を全て回収される。鞄《かばん》一つ持ち込めない厳重なチェックである。

縦横九〇メートルの巨大なフロアに机と椅子が均一に並べられている。

机の上には、和紙が五枚、毛筆、朱墨、木箱が置かれている。

皆が席に着いた頃、再びブザー音が鳴り響く。

『只今から二次試験を開始いたします。今から皆様には護符の作成を行っていただきます。和紙は五枚。五枚までなら何枚でも構いませんが一枚も作成できなかった者は失格です。作成時間は二時間。その後、別フロアにて護符を使用した戦闘試験を開始します』

アナウンスの後、会場の前方に立っていた試験官が口を開く。

「それでは試験を開始する」

その言葉を皮切りに、皆が毛筆を持ち、二次試験が開始された。

皆、真剣に護符の作成を行っている中、俺は今後の戦闘試験について考える。

正直、五級程度の試験だと別に護符など必要ないだろうが……既に目をつけられてそうだからな。

一般的に護符一枚の作成には三〇分から一時間程度かかる。受験生は時間をかけて少数の護符を作成するか、質を落としてでも数を重視するか選択することを求められる。

別フロアにはおそらく二〇〇〇人の現役陰陽師が待機している。

陰陽師が調伏した妖怪たちとの戦闘が予想できた。

俺は精神を集中すると筆を手に取る。

全てを受け止めて、守りきる。

そうイメージし、俺は和紙に丁寧に呪を刻む。筆を通じて俺の霊力が和紙に籠もっていく。

最後まで呪を刻まれた和紙は、霊力により淡く輝いていた。

これなら真や莉世の攻撃でも少しは防げるな。

『素晴らしい出来ですな。神社に奉納される守護護符よりよほど強い気を感じます』

『前世では帝《みかど》にも奉納していた物だからな。素材は違えど』

俺はその後四枚とともに呪を刻み、五〇分程度で五枚の護符を完成させた。

終わったが……変なことで目立つのも御免だ。目立つのは結果で。

そう考えた俺はおとなしく時間が来るのを待った。

『それでは護符作成を終了します。受験生は作成した護符を木箱に入れ、お待ちください。呼ばれた受験生は木箱を持ち第五フロアに移動してください。それでは受験番号六七六九番、第五フロアに』

番号を呼ばれた受験生は、木箱を持ちフロアを出ていく。

『戦闘試験は室内で行います。妖怪が蔓延《はびこ》る室内にある水晶を取れば合格です。水晶には結界が張られているため、結界を解除または破壊してください。室内の妖怪は祓っても、祓わなくても構いません。作成した護符と調伏している式神は使用しても構いません。ただし、陰陽術は護符を使用した術のみ使用可能とします。制限時間は一五分。二次試験合格上位者には最終試験にてボーナスが入りますので真剣に取り組むように』

とアナウンスが入る。

「妖怪を祓わなくていいのなら、楽勝じゃないか？」

「結界さえ解除できればいいなら、すぐだろう！」

と受験生の一部が声を上げる。

だが、俺の考えは違う。

結界の解除は繊細さが求められる。妖怪に襲われるという状況下で、いつも通り結界を解除できる者はごく一部だろう。

すなわち、結局妖怪を祓う必要がある。

それか圧倒的な力で、結界を破壊するか。

ここで結構減りそうだな。俺は試験の難易度に少し驚いた。

どんどん人が呼ばれていく。

俺も呼ばれて第五フロアに向かった。

第五フロアに入ると、そこには大きな結界内で妖怪たちと戦っている受験生が見える。

会場を傷つけないように二五メートル四方の結界が張られており、その奥には小さな水晶が置かれている。

水晶を包むように更に結界が張られている。

受験生の青年は自分の式神と護符を使い進もうとしているが、一〇を超える妖怪が邪魔している。

レベル的には五級妖怪が二体。六級妖怪が一〇体ほどか。

数の利が敵にあるせいか、受験生は攻めあぐねていた。

「火行・連火」

受験生が護符を使い、陰陽術を発動させる。野球ボールほどの火の玉が七個ほど妖怪に襲い掛かる。

それに合わせて、受験生が使役している小赤鬼が敵の妖怪に襲い掛かる。

小赤鬼とは火の技を使う五級妖怪である。八歳児くらいの小柄な体ながら、大人並の力を持ち、陰陽師見習いがよく使役している妖怪とも言える。

受験生は激しい戦いののち、ようやく妖怪を祓い終わった。

だが……。

『試験終了です』

結局彼は結界を解く時間がなく、無慈悲にも不合格となった。

次の受験生は先ほどの敗北を見たためか、自分の式神をおとりにして、一気に水晶の結界近くまで距離を詰めた。

だが、結界の破壊に時間がかかり、後ろから妖怪に襲われ敗北してしまった。

これは陰陽師見習いには難しいな。

難関試験と言われるのも納得である。

陰陽師は死と隣り合わせの職である以上、実力が足りない者はならない方が幸せとも言える。

「受験番号・九八六六番、結界内に」

ようやく俺の番がやってきたようだ。

俺は試験会場である結界内に入る。

既に多くの妖怪がこちらを睨みつけている。

頭《ず》が高いな。下級妖怪風情が。

「試験時間は一五分。調伏された妖怪たちだが、大怪我をする者は毎年出る。危険を感じた場合はすぐさま棄権するように。それでは試験を開始する！」

試験開始と同時に、俺は護符を持つ。

「火行・鬼火」

通常の鬼火は小さい火の玉が一つ生まれるだけだ。

だが、陰陽術の威力は使用する護符と使用者の霊力に依存する。

ならば一流の陰陽師が放つ鬼火はどれほどのものなのか。

護符から生み出されたのは小さな太陽かと思わせるほどの巨大な火の玉だった。

直径一〇メートルを優に超える小太陽が前方に弾丸のように放たれる。そして前方にいた妖怪たちを一瞬で溶かし、それは地面に当たり、爆ぜる。その威力は爆発の余波だけで、水晶の結界だけでなく、会場となっている大きな結界を粉々に粉砕した。

だが、その中でも水晶だけは壊れることなく、その場に残っていた。

水晶だけ、俺が自分の結界で覆ったからだ。

俺は転がった水晶を拾い上げる。

包み込む結界を作成していた陰陽師たちも皆、呆然としていた。

何が起こったのか、理解できないと言わんばかりに。

「合格時間は？」

「えっ……？　あ、ああ。受験番号九八六六番、合格。合格時間は……三秒」

最後は絞り出すように言った。

「鬼火？　今のはどう見ても鬼火のサイズじゃなかったぞ？」

「二級妖怪ですら、一撃で溶かしそうな威力だった」

「そもそもなんでフロア自体には傷がないんだ？　大穴が空いてもおかしくない」

その答えは、フロアが傷つかないようにあらかじめ俺が自分の結界で、試験会場となる結界を覆ったからだ。

余計な難癖はつけられないに越したことはない。

俺は再びあのデブが現れる前に静かに会場を去った。

その夜、陰陽師試験の公式ＨＰ上に合格者の番号と、合格時間が掲載された。

一位：九八六六　　三秒
二位：四七七二　　一分一八秒
三位：四七七三　　一分二五秒
四位：一四六二三　一分二七秒
五位：三四六一　　二分一一秒

それ以降も五二位まで合格時間が並んでいる。

俺の自室の襖が突然開く。

「道弥！　お前、一位じゃないか！」

父が嬉しそうな顔でやってきた。

「当然」

「しかも三秒なんて……。本当にお前は……凄い子だ！」

そう言われて熱い抱擁を受ける。

ここまでテンションが上がっている父は珍しい。どうやらよほど嬉しいらしい。

「この成績なら上位組も狙える。芦屋家から上位組なんて出たことがないぞ」

とそわそわしている。

「任せて、父さん。すぐに誰も芦屋家を馬鹿にできないようになるから」

俺はそう言って笑った。

一方、一位の三秒という数字はよほどセンセーショナルだったのか、テレビでも大きく取り上げられた。

普段は政治系のニュースしかやっていないニュース番組でも陰陽師試験について取り上げている。

『本日行われていた陰陽師試験二次試験の結果が発表されました。なんと一位は三秒と、二位と大きな差をつけ、話題となっております。陰陽師協会に問い合わせたところ、一位である受験番号九八六六に関する情報は個人情報を理由として、伺うことはできませんでした。しかし、歴代でも例を見ない数字から将来の一級陰陽師として既に期待の声が上がっています。二級陰陽師の花藤《はなふじ》さん、この結果について、どう思われますか？』

と女性アナウンサーが話した後、中年の陰陽師が映される。

「試験内容的に、二級陰陽師以上なら一〇秒以内の結果も不可能ではありません。ですが、恐ろしいのはその結果をまだ陰陽師免許も持っていない見習いが叩き出したことです。もしその受験生がどこかの家の所属でなければ、大手陰陽師事務所で取り合いになることは間違いないでしょう」

「では、一位は既に二級陰陽師クラスだということでしょうか？」

「これだけではなんとも言えません。あらかじめ試験内容を予想した上で、護符を結界解除のみに当てた可能性もあります。それでも上級陰陽師以上の実力はないと難しいでしょうが……」

「なるほど。日本は他国に比べても妖怪が多い妖怪大国です。にもかかわらず一級陰陽師以上の人数は未だに多くありません。今回は優秀な人材が出たことを喜ぶべきですね」

「それは間違いありません。御三家の者だろうが、他家であろうが日本を守る優秀な新人が出たことは喜ばしいことでしょう。私も期待しております」

そう言って、ニュースは締めくくられた。

ＳＮＳサイトを見ても、多くの者が正体不明の九八六六の正体について調べようと躍起になっている。

多くの者が御三家の誰か、または大手陰陽師一族の新人だと予想している。

誰も芦屋家とは思ってすらいないだろう。

先ほど陰陽師試験委員会からメールが届いていた。最終試験の案内だ。

最終試験の場所は夢ヶ原《ゆめがはら》。青森県と秋田県にまたがる巨大な森林地帯だ。その広大な森林は東京ドーム三六〇〇個分ともいわれており、現在では多くの妖怪で溢れた危険地帯としても知られている。

試験は三日後の午前九時から四日間。

受験生はランダムに割り振られた三人チームで、森の中でサバイバルを行うようだ。

「へえ。サバイバルですか？　なら何をしても許されそうですねえ」

とスマホの画面を見た莉世が笑う。

顕現している莉世はいつもの着物姿ではなくセーラー服を着ている。

黒を基調としたセーラー服は莉世にとてもよく似合っているが、なぜセーラー服なのだろうか。

「現代男性はセーラー服が好きだとネットで見ました。道弥様のために着ましたが、いかがですか？」

とくるりと一回転して笑う。

正直、俺の趣味だと誤解されそうだからやめてほしい。

「着物も似合っているぞ?」

「セーラー服はお嫌いですか?」

と涙目でこちらに目線を向ける。

あざとい。

「似合ってるよ、はあ」

「良かったです~! やっぱり男性はセーラー服が好きなんですね!」

最近莉世は暇な時、俺の部屋でパソコンで情報を収集している。変なことばかり吸収しないか不安だ。

だが、すっかりご機嫌な莉世に余計なことを言う気にはなれず、放置することにした。

メールには細かい試験内容が書かれていない。

現地で説明するつもりなんだろうか?

青森とは中々遠いなあ。

金もないし、真に送ってもらうか。

俺は最終試験についてのんびり考えていた。

◎

陰陽師試験を統括する陰陽師試験委員会も道弥の結果に大きく動揺していた。

会議室には一〇を超える試験官が集まって議論を交わしている。

「この結果は本当なのか？　三秒なんて、とても信じられん」

「不正は見られませんでした。不正がなければ、合格を言い渡すしかありません」

「初級陰陽術である鬼火がそれほどの威力というのが、まずおかしい。不正に呪具か護符を持ち込んだのでは？」

「ですが彼は一次試験で霊幻草を赤色に変化させているようです。実力上ありえない訳ではないのではないでしょうか？」

と激論を重ねている。

誰も口にしないが皆、もし事実なら明らかに二級以上の実力があると感じていた。

そこで机を大きく叩く音が会議室に響き渡る。

「まず……なぜそんな事態になって副統括である俺に報告しなかった。その場で合格を言い渡すとは。おかげで三秒という記録が世間に広まってしまった。今更不正でしたなど言えん。芦屋家という悪名高き一族が今年の一位など認められるか！」

そう顎の肉を震わせながら叫んだのは、四条家当主の四条隆二。

道弥がデブと呼んでいた男だ。

「最終試験は儂《わし》も現地に行く。そして、本番ではアレも放て」

「ですが、アレは試験レベルではないため統括から試験では使わないように、というお言葉が……」

部下は隆二の言葉に難色を示す。隆二は部下の胸倉を掴み上に持ち上げる。

「その統括がいないのだ。統括がいない場合は、副統括である儂の言葉が優先に決まっているだろうが！　下らんことを抜かすな。わかったか！」

「はい！」

「これだから無能は……！」

隆二は部下を地面に投げ捨てると、部屋を出ていった。

「おい、大丈夫か？」

投げ捨てられた男の元へ同僚が声をかける。

「無茶苦茶だよあの人……。統括が別仕事でいないからって好き放題だ」

「今回の試験官の中でも古株だしな。あんな変異種出すなんて……怪我じゃすまない奴が出てくるぞ」

「いくらなんでも芦屋家を嫌いすぎじゃないか？」

「あの人家柄至上主義だからなあ。特に今年は宝華院家の兄弟も出ているからな。あの二人を一位二位に据えたかったんだろう」

「今は名家以外からも凄い陰陽師が出てるのになあ」

「それも気に入らないんじゃない？　自分より下と思っていた芦屋家から出るのも、嫌なんだろう」

「はあ……当日の試験官に注意してもらうしかないな」

「統括早く戻ってこないかなあ。俺、ファンなんだよね。一度会ってみたかったんだ」

「安倍家の新星だもんな。次の陰陽師界を背負うのは間違いなくあの人だよ。今も一級妖怪の討伐依頼に行ってるんだろ？　格好良いよなあ」

一方、隆二は試験用の妖怪たちが収容されている部屋に入る。

多くは五級妖怪の中、一匹だけ厳重な鋼鉄の檻《おり》で閉じ込められているモノがいた。

護符を大量に貼られていることからも、扱いが違うことがわかる。

檻の中からは鋭くも知性を感じさせる目が隆二を覗《のぞ》いている。

「このガキを狙え。このガキを殺せばお前を自由にしてやる」

隆二が見せたのは道弥の写真であった。

「そのガキは強いのか？」

「……強い。もし殺せなければ、この呪いがお前を死に至らしめるだろう」

隆二はそう言うと、呪を唱える。

すると檻の中から小さな悲鳴が上がる。

「これで支度は整ったな」

隆二は満足すると、部屋を出る。

そして、遂に最終試験の日を迎える。

八月二一日午前八時五〇分。

俺は指定された夢ヶ原正面入り口の前に座っていた。

夢ヶ原は第五級立入禁止地区に該当している。陰陽師以外は立ち入れないことになっているため、周囲はフェンスで覆われている。

とはいえ、深部まで行かなければそこまで危険はないように感じる。

集合場所には既に多くの合格者たちが集まっていた。二次試験合格者なだけあって、前回よりも質が上がっている。

陰陽師試験は一五から三〇歳まで受験可能だ。

若者や三〇直前の者など、様々な年齢の者が狩衣姿でアナウンスを待っている。

あと一〇分で始まろうとしている最中、突如大型バイクの轟音が静かな森に鳴り響く。

大型バイクに乗って現れたのは先日の試験に学ランでやってきていたヤンキーであった。

ヘルメットを取ると、お馴染《なじ》みのリーゼントが顔を出す。

「ふう、間に合ったぜ！　まさか青森がこんな遠いとはよ！」

バイクの後ろにはしっかりと釘バットが括《くく》りつけられている。

よく警察に止められなかったなあいつ。青森県警は何をやっていたんだ。

なぜ彼は陰陽師試験を受けようと思ったんだろうか。

関わらないでおこうと奴から目をそらし周囲を見渡すと、宝華院兄弟や夜月の姿も見える。

兄はこちらを鋭い目で睨んでいた。

一位が取れなくて、悔しかったのだろうか？

すると、皆の前に太った試験官が現れる。

というか、この間のデブだった。

ふごふごと言いながら、正面に立つとマイクを持つ。

「それでは只今から最終試験を行う。最終試験は三人でチームを組み、この森でサバイバルをしてもらう。順次番号で呼ぶため、その三人で集まるように」

その言葉を皮切りに、若い男の試験官が番号を呼び始める。

「九八六六、二七三一、一七七四一、前へ」

俺の番号が呼ばれた瞬間、周囲がどよめいた。

俺と共に前に出たのは女の子と、なんとあのヤンキーである。前に出ると試験官の男から勾玉を一つ渡される。白い綺麗な勾玉だ。

「おい、あのチームの中に一位がいるぞ……」

「誰だ？　あのヤンキーではないだろ？」

どうやら俺の番号は有名になっているらしい。

ヤンキーは他の奴らに睨みを利かせていた。

その後も延々と番号が呼ばれる時間が過ぎる。

「全員、チームに分かれたな。各チームには勾玉を一つ渡している。それが今回のポイントとなる。最終試験合格は単純明快。多くの勾玉を取り、ポイント上位チームが合格だ」

デブが言う。

「色によりポイントが違う。赤が一点。青が一〇点。白が一〇〇点だ。成績一位のチームには白を、二位から二〇位には青。それ以外には赤を渡している。つまりルールはシンプルだ。敵のチームから奪い取れ」

その言葉を聞き、皆が周囲を警戒し始める。

「とはいえこれは陰陽師の試験。試験会場である妖怪の一部にも勾玉を持たせている。妖怪を祓い勾玉を得ることも可能だ。どちらを選ぶかは任せよう。なお、妖怪に持たせた勾玉の数は公開しない。だが、妖怪にも白や青の勾玉を持っているものはいる。念のために言っておくが、殺しはなしだ。人を殺した時点で失格となる。当然だがな。状況によっては罪に問われることもあるから気をつけろ」

俺はデブの言葉を聞きながら、考える。

試験自体は中々考えられている。

チームごとに勾玉は一つしか渡されなかった。つまり、これはチームでの得点なのだろう。

五〇〇人ほどの人数から、一七〇チームほどいるが、一〇点以上を持っているチームは現時点で二〇チームしかいない。

妖怪に持たせた勾玉の数がわからないから明確に推測できないが、おそらく合格チームは七〇ほど。合格だけならば、それほど多くのポイントは必要ない。

デブが急に下卑た笑いを見せる。

「あっと。一つ大事なことを伝え忘れていた。察している者もいると思うが、先ほど呼んだ番号は成績順だ。そして今回勾玉を所持していいのは、チーム内で成績が最も下位の者だけだ。チーム内で成績トップの者が持つことは許されない。また試験は過酷であり、チーム内の者がリタイアすることも当然考えられる。その場合、リタイア一人につき、五点総得点から引かれる。覚えておくといい」

デブの言葉を聞き、受験生が声を上げる。

「一人でもリタイアが出たら、ほとんどのチームはマイナスじゃないか！」

「おいおい、雑魚と組まされたら終わりだぞ！」

非難ごうごうだった。

だが、これは確かに成績上位者からすると足かせにしかならない。

俺の勾玉は一〇〇点の白い勾玉。誰もがその勾玉を欲しがるだろう。

だが、それを持つのはリーゼントかこの女。

つまり俺はどちらかを守りながら活動をしないといけない。

もし下位者が負けて勾玉を奪われリタイアした場合、一〇五点もマイナスを受けるに等しい。

「フフフ。お前たちも試験のルールを理解したようだな。そう、これはサバイバルだ。陰陽師は他の陰陽師と連携を取ることも多い。互いに協力して頑張るといい。例えば、そこの男の白い勾玉を奪い取るとかな」

　デブはそう言って、俺の持つ白い勾玉を指さす。

　皆の目線が一気にこちらへ向かう。

「弱い奴が所持しているんだ。別に一位と戦わなくても奪える……」

　皆が獲物を狙う目でこちらを見つめている。

『中々面白い試験ですなあ。足かせをつけられるとは……』

　真が呟いていると、一人の受験生が手を上げる。

「もしチーム内の成績下位者がリタイアした場合、勾玉を持つ権利は誰かに移るのか?」

「その場合、成績が二番目の者に勾玉の所持権が移る。そいつもリタイアした場合は、成績上位者に所持権が移る。また命の危険を感じた場合、迷わずに棄権しろ。まだ死にたくはないだろう」

「了解した」

　なるほど。

「では、一〇分後には各自移動を始めることとなる。呪具や護符の持ち込みは勿論禁止だ。皆にはサバイバル用のリュックを配布する。それまでは各自チームの者と交流しておけ」

　デブの説明が終わり、チームの二人に目を向ける。

　面倒くさそうにこちらに目を向けるリーゼントに、おどおどとしている女の子。

「お前、陰陽師としては凄いかもしれねえけどよ。タイマンなら負けねえから!　あと、目つき悪《わ》りぃんだよ」

そう言ってリーゼントはこちらを睨みつける。

「お前は目つきだけじゃなく、頭も悪いらしいな」

俺の言葉を聞き、リーゼントの顔が怒りに染まる。

「喧嘩はやめてくださいよお！」

少女が怯えながら声を出す。

「俺はお前らなんかに従わねえ。俺は荒川桃慈《あらかわとうじ》。嫌いな奴は汚ねえ奴だ」

リーゼントは、その見た目に恥じない好戦的な一面を見せる。

「俺は道弥という。嫌いな奴は裏切り者」

その言葉を聞き、女の子がおどおどと口を開く。

「喧嘩はやめてくださいよぉ。私はゆずです。一七です……」

「ところで、どちらが勾玉を持つんだ？」

「……俺だ」

やはりリーゼントか。

あと、この二人よく二次試験通ったな。

そう考えていると、向こうから宝華院の弟、陸がやってきた。初対面の時とは違い、にこやかに笑っている。

「おお、ゆずじゃん！　今年は二次試験通ったんだな。久しぶりだし、少しだけ話そうぜ」

「えっ？　でも……」

「少しだけだって」

そう言って、陸はゆずの肩を掴み連れていった。

話自体は数分で終わり、すぐにゆずは戻ってきた。

「知り合いか？」

「私……宝華院の分家なんです。陸さんは本家ですので、たまにお会いします」

御三家ほどになると、同じ家でも何人も受けるのか。それもそうか。

「それでは皆さん、各自バスに乗ってください。皆さんを開始位置にご案内します」

俺たちはその後カーテンで覆われたバスに乗せられた。

チームごとに定期的にバスを降ろされる。どうやらいきなりの戦いを防ぐために、ばらけて降ろされるようだ。

俺たちのチームも、同様に森の中に降ろされた。

◎

道弥たちがバスに乗り、初期位置に連れていかれている時、宝華院兄弟の乗っていたバスには四条家当主である四条隆二も乗車していた。

隆二は二人を降ろす直前、耳打ちする。

「北には決して近づくな。化け物を放った」

「……わかりました」

真剣な顔で答える兄、渚。

「ありがとよ、叔父《おじ》さん」

一方、面白い情報を得たと、弟の陸は笑った。

明らかな不正行為。だが、それを咎められる者はそこにはいなかった。こうして最終試験は始まる。

◎

森は霊力に満ちていた。

妖怪が蔓延ることで、人による伐採が避けられたためか大木が乱立している。草木も青々と生い茂り、付近からは妖怪の気配が感じられた。

試験会場は一〇キロメートル四方ほどのようだ。

俺は人と関わるのが嫌いなのに、集団試験とは。

その場でできた仲間など信用できるはずもない。また裏切られるのは御免だ。

俺はとりあえず勾玉持ちの妖怪を探すため、動き始める。

だが、それに待ったがかかる。

「皆さん、何ができるか話し合いましょうよう……」

ゆずがおどおどと声を上げる。

俺は別に二人が、何ができるかなんて興味はないんだが……。

「私は偵察ができます。おいで、コムギ」

そう言って、ゆずは一匹の犬を召喚する。

妖怪というか、完全に柴犬だった。

笑顔で尻尾を振っている。

陰陽師は一般的には妖怪を使役しているが、霊も勿論使役が可能だ。

死んだ柴犬と契約をすれば、柴犬を使役することも可能だが、実際にそうする者は稀《まれ》だろう。

「柴犬ですけど……においで敵を察知することは可能だと、思い、ます」

突然の柴犬にリーゼントも毒気を失ったようだ。

「こいつ、戦えるのか？」

「えーっと……弱い小鬼くらいなら」

小鬼自体が六級妖怪。すなわち、全く戦力にはならないことを意味していた。

「おいおい！　遊びに来てるんじゃねえんだぞ！　他にはいねえのかよ！」

「あと、鬼火が一匹です」

この女、本当によく二次試験通ったな。

「俺はお前たちに式神を言うつもりはねえ」

リーゼントの言葉を聞き、ゆずが泣きそうな顔でこちらを見る。

「犬と狐だ」

まあ、似たようなもんだろう。

『主様！　私は神狼ですよ！　犬とは違います！』

『私は狐だから間違いではございませんが……おおざっぱなような気がします』

脳内で二人からブーイングが起こる。

「お前も犬かよ！　戦う気あんのか！　そして女、なんでお前二次通れたんだ？」

リーゼントが叫ぶ。

柴犬が叫ぶリーゼントを警戒して吠える。

お前もだろ。

「私はもう試験三回目で、初めて二次試験を通りました。戦える子がいないので、いつも落ちていたんですよ。けど、今年は結界解除がメインだったので、ぎりぎり通れました。結界解除は割と得意なんです」

俺はしゃがみ込み、目線を柴犬に合わせると優しく語り掛ける。

「警戒しなくてもいい。俺は君の主の味方だ」

しばらく唸っていたコムギはだんだんと落着き、最後は少し警戒を解く。

役に立ったかはかなり微妙な自己紹介が終わり、俺たちは森の中を歩くことにした。

試験官から配られたリュックには四日分の食料と護符二〇枚、そして他サバイバルに必要な物が入っている。

護符の質は五級陰陽師が作成した程度の代物。

既に何体もの六級妖怪を祓ったが、勾玉を落とした妖怪は一匹もいない。

「やっぱり勾玉を持っている妖怪は少ないんですね」

ゆずが悲しそうに呟く。

元々この森に生息している妖怪に勾玉をばらまいているとは思えない。おそらく後から放った妖怪の体の中に勾玉を入れている可能性が高い。

「おらあああ！」

リーゼントは素手で妖怪と殴り合っている。

お前陰陽師になる気があるのか？

物理が効く相手しか、それできないだろ。

勾玉を持つ妖怪を一匹も見つけられずに、二時間ほどが経過した。

『主様。おそらく競争相手の受験生があと一〇分もすればこちらに気づくかと。こちらから先に仕留めますか？』

『敵の数は？』

真が探知したらしい。

『九人です』

『三チームか』

ふむ。急ごしらえのチームであるのに、よく三チームで組めたものだ。おそらく狙っているのは俺か、一〇点の勾玉を持つ上位チームだろう。

『真、別に放っておけ。必ずこちらを狙ってくる。その時を逆に狙う』

『承知しました』

どちらが狩人で、どちらが獲物か。それはすぐにわかる。

二〇分後、柴犬のコムギが吠える。

「二人とも、大変です！　囲まれています！」

「なにい!?　囲むって一チームは三人だろ!?」

リーゼントが叫ぶ。

「一〇人近くいるようです。既に包囲されてます」

既にずっと気づいていた俺は特に思うことはない。

『私に任せてください。五秒でバラバラにしてみせますわ』

『馬鹿言え。失格になるだろう。俺がやる』

俺たち三人は互いに背中合わせになると、周囲を警戒しながら見渡す。

「おお、気づいたのか。さすがは一位、って言いたいところだけど、囲まれている時点で二次試験は運がよかっただけみたいだな」

そう言って、木々の隙間から顔を出したのは二〇くらいの青年。

それを皮切りに四方から合計九人の受験生が俺たちを囲むように姿を見せた。

随分前から気づいて放置しておいたんだが……すっかり勝ち誇っているな。

「おいおい、どうするんだよ……。無理やり突破するか？」

リーゼントが言う。

ゆずに至っては囲まれたせいかパニックになっている。

「お前の勾玉さえ奪えれば合格どころか、トップ五も夢じゃない！　呑気《のんき》に森を歩きやがって、馬鹿め！　皆、召喚しろ！」

青年の声と共に、敵の受験生が一斉に式神を召喚する。五級、六級の妖怪が計二〇匹程度一度に召喚される。

「一度に襲い掛かれ！」

青年の声と同時に受験生たちと妖怪が一度に襲い掛かってきた。

青年の目はしっかりと白い勾玉を持つリーゼントに向けられている。数の利で混乱させ勾玉を奪い取る算段のようだ。

「急造チームにしては最低限練られておるな。だが、その程度で取れると思っているところが甘い」

俺はそう言って笑う。

昔稽古をつけていた子たちにもこうして数の利で襲い掛かってきた子がいた。

「少し稽古をつけてやる。木行・木縛り」

俺は護符を手に取ると、呪を唱える。

同時に敵全員の地面から木が生え始める。その木は敵の式神と受験生に巻き付くように急成長する。

「えっ？」

「嘘だろ⁉　木縛りはもっと蔦《つた》みたいな……」

「はやっ……！」

突然生えてきた木々に敵はパニックになる。絡みついた木は妖怪たちを締め付けそのまま締め潰した。

それを見て敵は皆顔を真っ青にする。自分たちもこのまま殺されるのではないかと。

「た、助け……」

怯えた顔で、手を伸ばす。

「ばいばい」

俺は笑顔で手を振る。それを見た敵は恐怖で固まった。

そのまま生み出した木は受験生たちを締め付け、そのまま気を失わせた。

「冗談だ。殺す訳ないだろう」

先ほどいきっていた青年受験生は恐怖からかズボンを濡らしていた。やりすぎたか。

リーゼントとゆずの方を見ると、二人とも今起こったことが理解できないのか呆然としている。

「木縛りって、敵の足を引っかけるような細い蔦が生えるだけなんじゃ？」

「それは術者の技量が足りん。本来は大型の妖怪をも拘束できる術だ」

「本当の陰陽術って、こんなすげえのかよ……」

リーゼントに至っては大きく口を開けて呆《ほう》けている。

「お前ら、こいつらの勾玉を探せ。絶対誰かが持っているはずだ」

女の受験生をゆずに探らせ、俺たちは男たちの服をまさぐる。狩衣にはポケットがないため、皆首からぶら下げていたので一瞬で見つかった。

「やっぱり皆、一点の赤勾玉か。だが、これで三点」

一〇〇点に比べれば誤差だが、多いに越したことはないだろう。

リーゼントがこちらにやってくる。

先ほどまでの無礼を謝りに来たか？

だが、出てくる言葉は全く違った。

「おい、道弥。俺はまだお前を認めてねえ。漢《おとこ》ってのは、強《つ》ええだけじゃ駄目なんだ。覚えとけ」

思いきり睨みながらこの一言である。

『やっぱり殺しますか？　こいつをリタイアさせても減点は五点でしょう？　十分合格できます』

莉世はかなり苛々しているようだ。

随分我慢をさせているため当然だろう。

式神になる前は、むかつく者は全て殺していた彼女だ。

どこかでガス抜きさせないとまずいかもしれない。

『試験中はおとなしくしててくれ』

今自由にさせたらあのデブは絶対殺されるに違いない。

「あ、あの……あの人たちここで放置してて大丈夫なんでしょうか？」

ゆずは木に絡みつかれたまま気絶している敵を見て心配そうに呟く。

「大丈夫だ。上級陰陽師がこちらを見張っている。おそらく一チームに一人。きっと彼らがこいつらを救助してくれるさ」

俺はそう言って、木々の上を見る。

返事はないが、木の上には試験官がいる。

見張りがいないと、この試験は死人が出る可能性がある。未成年を試験に参加させる以上死人は出したくないのだろう。

「お優しいことだ。このような純粋培養の陰陽師に、本物の妖怪を倒せるかは疑問だがな」

俺は過去を思い出す。

万を超える犠牲が出て、何百人もの陰陽師が死に、そんな地獄の中でこそ本物の陰陽師が生まれたことがあったからだ。

だが、一方で社会が整備されたおかげで、死人が大きく減っているのも事実。

どちらが正解かは俺にはわからない。

「知りませんでした」

「まじかよ！　俺たちも見張られてんのか？　トイレも行けねえぜ！」

リーゼントが謎の心配をしている。誰もお前のトイレなんて見たくねえよ。

俺たちは敵の受験生たちを放置して、森の奥へ向かった。

それから三〇分後、リーゼントは素手で一つ目小僧と殴り合っていた。

一つ目小僧とは笠《かさ》を被った額の真ん中に大きな目が一つだけある坊主頭の五級妖怪である。

比較的温厚な妖怪ではあるが、意外と力は強く、一般人ではとても敵わないだろう。

一つ目小僧の鋭い蹴りがリーゼントに刺さる。

「がっ⁉」

腹部を蹴られたリーゼントは大きく後退すると、追い打ちをかけようと迫る一つ目小僧の頭を両手で摑む。

「良い蹴りだぜ。だが、舐めんなよ！」

そのまま大きな瞳を狙って、ヘッドバット。

霊力を込めた一撃は一つ目小僧に刺さり、そのまま祓われた。

そして地面には赤勾玉が一つ落ちる。

「よっしゃー！　ようやく持ってる奴に出会ったぜ！」

リーゼントは笑顔で勾玉を摘まむ。

「どうだ？」

と誇らしげに言う。

およそ陰陽師の戦いではない。それより武士の戦い方に近い。

陰陽師が霊力を用いて妖怪を使役し、陰陽術で戦う者を指すように、武士は霊力を武器や体に込め、戦う者を指す。

実際の妖怪との戦いでは前衛を武士に任せて後衛を陰陽師が担うことが多い。

だが、武士になる者はそう多くない。

陰陽師が目立ちすぎているのもあるが、何より危険だからだ。

実際『陰陽師ＴＶ』は放送されているが、『武士ＴＶ』はない。

現在武士に、一級陰陽師に値するような者が現れていないのも大きい。

「武士になったらどうだ？」

俺の言葉を聞くと、リーゼントは眉をひそめる。

「俺は……陰陽師になりてえんだよ」

今までと違い、リーゼントは小さく言葉をこぼした。

その後も俺たちは妖怪を探して、森を歩いた。

二時間ほど歩いたところで、ゆずの歩行速度が落ちる。

少女には長時間の移動はきついのだろう。四日分の荷物を持っているのも原因の一つ。

それでもゆずは一つも愚痴をこぼすことなく、必死で俺たちについてきている。

しかたない、か。

「おい、リーゼント。しばらく休むぞ」

「ああ？　まだ歩いて三時間も経ってねえぞ？」

この男は脳まで筋肉でできているのか、全く息切れすらしていない。

「私、まだ歩けます」

「俺が疲れたんだ。既に四点取っているんだ。無理する必要はない」

ゆずの言葉を無視して、俺は近くの切り株に座る。

「……わかった。休むか」

リーゼントはゆずに目を向けた後、静かに腰を下ろした。

その夜、俺たちは焚き火をしながらレトルトカレーを温める。

しっかりと食事がある分、キャンプ感があるなと思いながらカレーを頬張る。

「あの……道弥さん。先ほどはありがとうございます」

先ほどの休憩のことだろう。

「なんのことだ？　だが、無理はするな。体調を崩された方が困る」

「そうですね、気を付けます。道弥さんはお優しいですね」

「どこがだ？」

そんな優しくした覚えがない。

「コムギへの対応でわかりますよ。犬に優しい人は信用できます！」

と自信満々に言う。それは本当にあてになるのか。

「犬は好きだよ」

今のやり取りを聞き、リーゼントがこちらを見据える。

「……俺はまだ認めてねえぞ。俺は、真の漢しか認めねえのよ。お前みたいな強さだけの奴なんかよ」

別に認めてもらわなくても困らんが。

俺は呑気にそう思っていたが、それは俺だけだったらしい。

俺の後ろで何か禍々《まがまが》しい気配を感じる。

あー、我慢できなかったかあ。最近我慢させすぎたもんなあ。

俺は呑気にそう思った。

そこには殺意を纏った莉世が立っていた。

その美しい顔は今、人を殺さんばかりの眼光でリーゼントを見据えていた。

「餓鬼ガ……」

莉世はそう呟いた。

この森には不釣り合いなセーラー服の少女。

だが、その人間離れした美貌は、彼女がただ者ではないことを示していた。

「女？　なんで、ここに……？」

リーゼントは突如現れた莉世に、疑問を隠せないようだ。

次の瞬間、莉世はリーゼントの目前まで移動するとそのまま黒いローファーで蹴りを叩き込んだ。

普通の人間では目で追うことすらできない速度で放たれた蹴りは、リーゼントを一〇メートル以上吹き飛ばし、そのまま大木に叩きつけた。

死ぬほどの一撃なら止めようかと思ったが、どうやらさすがに理性は残っているらしい。とはいえ、何本か骨折れたっぽいけど。

莉世はそのまま片手でリーゼントの頭を掴み持ち上げると、鋭い往復ビンタを決める。

リーゼントの顔がふぐのように膨れ上がる。

今のビンタでようやく目が覚めたらしいリーゼントが消え入るような声で言う。

「お前……誰だ」

「道弥様の僕《しもべ》よ。道弥様を侮辱した罪、償いなさい」

莉世はリーゼントの胸元を掴むと、まるでボールを投げるようなフォームで放り投げた。

リーゼントは回転しながら弾丸のように森の中へ飛んでいった。

「え？　式神？　え？　ど、どういう？」

混乱しているゆずは何度もこちらを見ては、莉世へ目を向ける。

心配しているゆずをよそに、俺は小さく呟いた。

「死んでないし、大丈夫か」

「道弥様、私は我慢いたしました！　何度も、何度も、我慢いたしました。莉世は悪くありません」

莉世は俺に怒られると思ったのか、頬を膨らませながら目をそらす。

「へえ」

俺はそう一言だけ発する。

それを聞いた莉世は俺が怒っていると思ったのか、下を見ながら呟く。

「だって、道弥様を馬鹿にされたんですもの……手加減もいたしました。死んではいないはずです」

その様子を見て、俺は笑う。

「怒ってないよ、莉世」

「本当ですか！」

莉世は尻尾を出していたら振っていたことがわかるくらい笑顔で言う。

「だけど、治療はしようね？　あんなぼろ雑巾みたいになってたら、連れても歩けない」

「は、はい……」

あんなぼろ雑巾になって、リタイア扱いになってないだろうか？

俺たちはリーゼントの元へ向かう。

リーゼントは藪《やぶ》に突き刺さっていた。そして片腕が可動域とは明らかに逆に曲がっている。

藪から体を起こすと、白目を剥いて気絶していた。

さすが武士型の男。体は頑丈らしい。

リーゼントを地面に下ろすと、莉世に目を向ける。

莉世は両手に霊力を集中させると、折れた肋骨《ろっこつ》に手を当てる。

「狐火・癒火《ゆび》」

莉世の両手に黄色の炎が宿る。その火に当たったリーゼントの体がみるみるうちに回復していく。

数秒で、元の姿に完治した。

「よくやった、莉世。じゃあ……」

「私はまだ帰りません！　強制帰還されても何度もここに戻ってきますから！」

俺の言葉を遮るように莉世が大きく首を横に振る。

「おとなしくしてろよ……」

「勿論です」

本当かよ。

そう思いながら、俺たちはリーゼントが起きるのを待った。

しばらくして、リーゼントが体を起こす。

「なんで、俺は寝てるんだ？　ここは……？」

リーゼントは目をこすりながら周囲を見渡す。そして、莉世を見て固まった。

「ようやく起きましたわね？　道弥様を待たせるなんていいご身分だこと？　もう一度ビンタで起こしてあげようかしら？」

「お前、さっき俺に――」

その瞬間、莉世のビンタがリーゼントの頬に刺さる。綺麗な音が静かな森に響く。

「発言は許可していませんよ?」

「ふざ――」

次の瞬間、再びビンタが叩き込まれる。

その後もしばらく不毛なやり取りが続き、再びリーゼントの顔が膨らみ始めた頃、リーゼントは静かに正座していた。

「私は道弥様の式神です。次、道弥様に無礼を働いたら、次はあの程度じゃ済ませません。骨も残らず焼きますから覚えておきなさい」

「……はい」

「よろしい。はい以外の返事は認めないから」

と冷えた声色で吐き捨てる。

莉世はこちらを見ると、笑顔で走り寄ってきた。

「道弥様、これで大丈夫ですよ」

リーゼントがこちらを睨んでいる。更に大きな溝を生んだ気がするんだが。

莉世がそれに気づき振り向くと、リーゼントは表情を無理やり笑顔に変える。

莉世はそのままリーゼントの元へ向かい、蹴りを入れる。

「ぐえっ!」

「無礼な！　もう一度、折られたいようですね」

莉世の教育を受けるリーゼント。しばらくして、こちらにニッコリ笑顔を向けるリーゼント。

その顔は完全に接客業で偽りの笑顔を張り付けられた店員の顔だった。

莉世がいると、二人とも怯えてまともに会話にならないな。

「莉世、森全体を把握してくれないか？　何かあった時のために」

「……承知しました。そこの女、道弥様に近づいたら殺すから」

莉世はそう言うと、地面を蹴り闇夜に消えていった。

「莉世は行ったぞ、リーゼント」

リーゼントは未だに怯えながら周囲を見渡す。莉世が戻ってくるのを警戒している。

「なんなんだ、あいつは？」

「俺の式神だ」

「お前の式神は狐と犬って言ってたじゃねえか！　嘘つきやがったのか⁉」

「何も嘘をついていない。莉世は狐だ」

それを聞いて、リーゼントは口元に手をあて考えるようなそぶりを見せる。

「妖狐か？　妖狐は化けると聞くが……あそこまで人間に化けられるんだな」

「莉世は特別だ」

「あんなに綺麗な人、見たことありません……。人ではない美しさみたいな」

ゆずがうっとりしたように言う。

「妖狐ってのはあんなに綺麗になるんだな……妖狐か……ありだな」

リーゼントはあさっての方向を見つめている。あれだけぼこぼこにされたのに、莉世に懸想《けそう》するとはこいつドＭか？

実はビンタされて喜んでいたのだろうか。

だが、リーゼントは突如こちらを振り向くと、睨みつける。

「莉世さんには負けを認めるが、お前に負けた覚えはねえからな。お前のことは認めてねえ。勘違いすんなよ！」

さっきまで俺の式神にぼこぼこにされていたとは思えない態度である。

「お帰り、莉世」

俺はリーゼントの後ろを見ながら、声をかける。

まるで殺人鬼が後ろにいると言われたかのように怯えた顔で振り向くリーゼント。だが、後ろには誰もいなかった。

しっかりと教育の成果はあったようだ。

「いいねえじゃねえか！　しばくぞ！」

「へえー。そんなこと言っていいんだ？」

俺はにっこり笑いながら、後ろを指差す。

「てめえ、俺のこと馬鹿だと思ってんだろ？　何度も引っかかると思ってんのか？」

そう言いながら、俺の元へ迫ってくるリーゼント。だが、その動きが止まる。何かに捕まったからだ。

リーゼントはおそるおそる振り返ると、そこに冷めた顔で笑う莉世がいた。

「教育が足りなかったようね」

莉世はそう呟くと、足払いでリーゼントの体勢を崩しそのまま足で思いきり頭を踏みつける。

リーゼントの頭が完全に地面にめり込んでいた。

「あれ死んでません？」

ゆずが怯えながら言う。

「大丈夫、手加減してる、はずだ」

俺はめり込んでいるリーゼントを見ながらそう呟いた。

この後、スタッフの皆で治療しました。

◈

最終試験二日目の朝。

朝の陽ざしが森に差し込む頃、受験生たちも行動を開始した。

草木をかき分け進んでいたのは、陸。宝華院兄弟の弟である。

陸の肩に、一際立派な鴉《からす》が止まる。

その鴉には三つの足があった。

八《や》咫《た》鴉《がらす》。日本神話にも登場する鴉であり、導きの神ともいわれている妖怪である。八咫鴉は天照大御神《あまてらすおおみかみ》の使いともいわれており現代においても人に拝まれる存在である。

ちなみに咫《あた》は長さの単位で、一咫は約一八センチとされる。しかし八咫鴉の場合、単にそれほどに大きいという意味で使われている。

その強さは様々で、子供の頃は五級妖怪として扱われているが、過去には一級妖怪レベルの八咫鴉も確認されている。

「リク、ミツケタ！　アベヤツキミツケタ！」

八咫鴉が話す。

「よしよし、いい子だ。案内してくれ」

陸はすっかり支配した二人の仲間を連れ、ある女性の元へ向かう。

しばらく歩き、ようやく陸は目的の女性の元へたどり着いた。

「よう、久しぶりだなあ」

そう声をかけられた女は顔を歪ませる。

「なんだ？　私の青勾玉を取りに来たか？」

そう答えたのは夜月。既に護符を手に持ち臨戦態勢に入っている。

全く陸を信頼していないことがわかる。

「おいおい、俺は女とやり合うような趣味はねえぜ?」

陸はそう言って、両手を上げる。

「お前がそんな殊勝な心掛けを持っているとは知らなかったな」

「いいのかい?　そんなこと言って。隠してるんだろう、家のこと?」

陸の言葉を聞いて、夜月の顔から表情が消える。

「なぜ知っている!」

「そんな簡単にばらしちゃだめだよー夜月ちゃん。態度を見ればわかるさ。俺は隠し事を暴くのは得意でね」

と陸はにたりと笑う。

派手に染めた金髪は、陰陽師服とはどうにも合っていない。

「何が目的だ?」

夜月は陸を睨みつける。

「勿論一位の座だ。そのためにはあの男の一〇〇点が必要な訳よ。少し手を貸してくれないか?　なに、お前に直接あの男を狙えとは言わねえさ」

「私に道弥を襲うのを手伝えというのか?」

「ルール上敵を襲うのは許されている。これはただの共闘だ。手伝ってくれれば、俺の一〇点はくれてやる」

それを聞いた夜月は、吐き捨てるように答える。

「お断りだ」

「ああ？」

周囲が凍り付いた。

「ばらされてもいいのか？」

「お前、ばらされても絶対に道弥の不利になることをするつもりはない」

はっきりと答える夜月を見て、陸の後ろにいた二人の受験生が護符を構える。

「決裂ということで、やりますか？」

その言葉を聞きつつも、沈黙を守る陸。そして少しして口を開く。

「ふう、覚悟の決まった女だ。なら別の条件ならどうだ？」

「……別の条件？」

「無理やり友人と戦わせたりなんてしねえよ。この森には四級妖怪の中鬼が放たれて、そいつらが青勾玉を持っている。だが、その中の一匹が一〇〇点の白勾玉を持っているという情報が手に入った。いわゆる当たりだな。そいつは北にいるらしい。その白勾玉を寄こせばあのことは絶対に言わない。どうだ？」

「お前のような下種が約束を守るとは思えないが？」

「俺は女には優しいんだぜ。約束は守るさ」

しばらく考えるそぶりを見せたが、夜月は最後にため息をつく。

「仕方ない。北だな」

「頼んだよ、夜月。白を持ってきてくれ」

「最後に一つだけ忠告しておいてやる。お前、道弥を狙うつもりだろうが、お前如きじゃ道弥は倒せんぞ」

「……お熱いこって」

少しイラっとした表情を見せたが、陸は夜月の言葉を聞き流した。

こうして夜月は北に向かって去っていった。

「馬鹿な女だ。三級なんて、受験生の誰も倒せねえ」

陸は去っていく夜月を見ながらほくそ笑む。陸は叔父がわざわざ忠告したことから、北には三級以上の妖怪がいるとあたりをつけていた。

「けどそれじゃあ誰も白勾玉を手に入れられないのでは？」

従っている陰陽師の一人が首を傾げる。

「あの一〇〇点は誰にもやるつもりがねえのさ。確実にトップ五になるにはあの女は邪魔だ。あの女はイレギュラーの化け物に仕留めてもらって俺は調子に乗った一位にお灸を据えに行く。早くやらねえと、兄貴にあの馬鹿の白勾玉を先に取られるかもしれねえ」

「なるほど！　ですがもしあの女が一〇〇点を取ってきたらどうするつもりなんですか？」

「ふふ。約束は守るさ。本当に持ってきたらな。その前に、全てをぶちまけてやるのさ！」

（俺たち御三家は常に家柄が付いて回る。家を隠して関わるなんて、長くは続かねえ）

「俺が負けるかよ。何も知らねえ滑稽な男によ」

「コッケイ！　コッケイ!!」

八咫鴉が主人の言葉を繰り返す。

「その通りだ。その馬鹿を探してこい」

陸は八咫鴉を放った。

道弥を狙うために。

夜月が北を目指して歩いている頃、夜月の仲間は不安そうに夜月を後ろから見つめていた。

「夜月さん、なんか怪しくありませんでした？」

仲間の一人が声をかける。

「何か企《たくら》んでいるのは間違いない。だが、本当に一〇〇点があるのなら狙わない訳にはいかないだろう」

夜月も奴が企みもなしに自分に一〇〇点のありかを教えたとは思えなかった。

だが、同時にこの情報は嘘ではないと感じる。

それは宝華院家の情報網の広さを知っているからだ。

純粋な武力では圧倒的に安倍家の方が上だ。だが、宝華院家は分家も多く、情報網も広い。何か自分の知らない情報を得ている可能性が高かった。

「ですが、渡すんですよね？」

「いや、渡さない。情報だけ利用してうちが一位を取る」

（もし一〇〇点を取れれば、一位にも届く。一位を取り、誇れる自分になるんだ）

夜月も本気で一位を取りに来ていた。

一〇〇点である白勾玉を得ることができるのなら一位も夢ではない。そう考えていた。

(あいつから道弥にばらされる前に言わないと……。昔からずっと、ずっと言わないと、とは思っていた。だが、怖かったんだ。あの楽しい関係が壊れてしまうのではないかと、そう思ってしまった。私は臆病者だな)

夜月は白勾玉を求め、北へ進む。

(安倍家を憎む男と、なぜ安倍家の女が仲良くなってしまったのか……。私は神様を恨むよ)

その目には悲壮感と覚悟が同居していた。

◎

太陽が顔を出す頃、俺たちのチームも行動を開始した。

「今日も偵察は私に任せてください！　ねっ、コムギ」

「わうっ！」

ゆずは張り切って、周囲を警戒している。

「じゃあ任せた」

多くの勾玉を見つけられなくてもおそらく一〇〇点の勾玉を持つ妖怪さえ祓えば一位だろう。

俺はそう考え偵察をゆずに任せた。

「けど、勾玉持ちの妖怪なんて、どうやって探せば良いんでしょう？」

ゆずは首を傾げる。

「おそらく勾玉持ちの妖怪の多くは、今回この森に放たれた妖怪だ。この森のにおいが染みついていない妖怪を探せば良い」

「なるほど。了解です」

こうしてコムギによる捜索が始まった。

「あいつか！　あいつは俺が殺す！」

こうして見つけた妖怪をリーゼントが祓い、赤勾玉を入手した。

「どうだ！　俺の実力ならこんなもんよ！」

リーゼントがこちらを見てどや顔をしている。放っておこう。

「どんどん見つけましょう！」

ゆずも自分が役に立っているのが嬉しいのか、元気に偵察を続ける。

歩き始めて数時間経った頃、ゆずの顔に疲れが見え始める。

そろそろ休ませるか？

そう思った時、リーゼントは無言でゆずからリュックを取り上げる。

「行くぞ。もうすぐ昼だ。それまでもう少しだ」

ゆずは一瞬驚いた顔をした後笑う。

「ありがとう……ございます」

『へそ曲がりですが、良い子ですな』

真が孫を見るような声色で言う。

「ただの筋肉馬鹿だろう」

俺は笑いながら言った。

夜になり、本日はこれで終了。

俺たちはリュックに入ったドライフードを食す。

『森の中に中鬼が一七体います。全ての居場所を教えましょうか？』

真が声をかけてきた。

『別にいいさ。のんびり探すからな。俺が独占しても面白いが……そんな試験も味気ない』

焚き火にあたりながら味気のない食事を食べていると、宙から莉世が降ってきた。

「道弥様～！　狩ってまいりましたよ～！」

莉世は笑顔で何かを投げる。受け取ったそれは青勾玉三つだった。

どうやらソロで狩りをしていたようだ。

『独占しないのでは？』

『これは不可抗力だ』

真の言葉に、俺は短く返す。

褒めてもらえると思って笑顔でこちらを見ている莉世に俺がかけられる言葉は……。

「ありがとう、莉世。助かるよ」

「勿論です！　なんなら残りの青勾玉今から全て狩ってきましょうか？」

「いや、のんびりとしてていいぞ、もう一位は堅いだろ」

俺が全てを取ると、他の受験生に影響を与える可能性が大きい。

白勾玉を守れば俺が負ける可能性は非常に低いだろう。

それに……あと一つある白勾玉のありかにも心当たりがある。

俺は支給された毛布に包まれて眠りについた。

翌日。

俺たちは再び森を探索する。

「今日は中々いませんねえ」

ゆずが周囲を偵察しながら呟く。

「ここら辺のは全部狩っちまったのかね。もう三日目だ」

リーゼントがそう言いながら汗を拭った。

「頑張って探しましょう！」

特に成果がないまま、昼になり俺たちは木陰で一休みする。

『主様、南の方角から中鬼が。いかがいたしましょうか？』

真が中鬼を察知したらしい。

この二人に中鬼は少し荷が重いか？

俺はそう感じると立ち上がる。

「少し様子を見てくる」

「おい。お前も朝から警戒しっぱなしだろ。俺が行く」

リーゼントも一緒に立ち上がった。

「俺一人で十分だ」

俺の言葉を聞いたリーゼントが顔を歪める。

「お前、俺たちを全く信用してねえだろう?」

俺はその言葉に固まる。

苛立ったリーゼントが俺の胸倉を掴む。

「俺にはわかる。お前の目は他人を信頼してない目だ。自分で全てやろうと考える奴のな。俺だって二日いりゃお前が悪い奴じゃねえことくらいはわかる。だけど……これはチーム戦だろうが!　信頼関係なくして、チームなんて言えねえ!」

俺はリーゼントの腕を掴み、無理やり剝がす。

「信頼?　そんな言葉は知らんな。俺は家族と式神以外誰も信頼していない」

そう言いながら、頭の中には夜月が浮かぶ。

夜月なら……いやそれは今関係ないな。

「お前だって、俺たちに式神すら明かしていないじゃないか。それで信頼しろとは無茶を言う」

俺の言葉を聞き、リーゼントが辛そうな顔をする。

「俺の式神は、小鬼、一匹だけ、だ」

しばらくの沈黙の後、リーゼントはぽつりと言った。

だから隠していたのか。

「俺には陰陽師の知識なんて、ほぼ何もねえ。陰陽術も使えねえし、式神も何度も見様見真似でして、ようやく小鬼一匹だけ調伏できた。俺はこの試験で四回目だが、最終試験まで来たのは初めてだ」

「なぜそこまで陰陽師にこだわる。お前なら武士の方が向いているだろう？」

「俺は子供の頃よお、妖怪に捕まっちまったんだ。もう絶対死んだと思ったぜ。怖かった。そんな時ある陰陽師の人が自分が怪我してまで俺を助けてくれたんだ。背中は傷だらけなのに、優しく俺にもう大丈夫だよ、って言ってくれた。あの時から陰陽師ってのは俺のヒーローだった」

リーゼントは懐かしい思い出を語るように話す。

「俺は実際に陰陽師になろうと、陰陽師事務所に弟子入りしようとした。だけど、あいつら俺が陰陽師の家系じゃねえと知ると門前払いだ。段々陰陽師が嫌いになっていたぜ。けど、まだ子供の頃のあの人への憧れが捨てきれねえのさ。俺は今年を逃せば二度となれねえんじゃねえかと思っている。それほどこれに懸けてるんだ。俺は自分の事情は話したぜ。お前も何かあってそうなっちまったんだろ？　聞かせろよ」

真っすぐな目で尋ねてきた。

別に適当に答えても良かったが、嘘をつきたくなかった。

「俺は……親友に裏切られた。俺たちは友であり、ライバルだった。時に笑い合い、時に競い合うような。だがそう思っていたのは俺だけだった。俺は奴に裏切られ、一族は皆殺しにされた。俺は未だに覚えている。燃え盛った家を、耳に残る悲鳴を、目の前で殺された家族を。そんな俺がいったい何を信じられようか」

俺は昔を思い出しながら語る。

未だに思い出す度に煮えたぎる怒りが、俺を動かしている。

リーゼントの方を見ると、静かに涙を流していた。

「辛かったんだなぁ……。そりゃあそうなっちまうのもわかるぜ。すまねえな。そんなお前に今すぐ信頼しろなんて、俺ァ言えねえよ。だがよう、俺は絶対にお前を裏切らねえ！それだけ忘れないでくれ」

そう話すリーゼントの目はとても澄んでいて、それ以上悪態をつこうとはしなかった。

馬鹿だが、きっとまっすぐで嘘がつけそうにない男なのだろう。

「ふん、口だけならなんとでも言える。だが、全てを自分でしようとしたのは悪かった。近くに中鬼がいたんだ」

俺の言葉を聞いて、リーゼントが笑う。

「なんだ、心配してくれたのかよ。ちゃんと言えよ」

「うるさい。さっさと一人で見回りに行け。そして死んでこい」

「中鬼いるのに一人で行くかよ。殺されちまうだろ！　お前も来い！」

リーゼントは俺の腕を摑むと、見回りに行く。

俺一人の方が早いんだが、とは言わずに素直についていった。

その夜もレトルトカレーであったが、前とは違うことがあった。

「食え。成長期だろ」

そう言ってリーゼントが俺のカレーに肉を入れてくる。

過去の話をしてからやたらと構ってくる。

話したのは失敗だったかもしれん。

「なんだ、ゆずも欲しいのか？」

リーゼントが暗い顔をしていたゆずに尋ねる。

「ううん、少し疲れたのかも」

「今日は早く休め。野宿ももう三日目だからな。疲れても仕方ねえ」

俺たちは早めに横になる。

夜も更ける頃、ゆずは俺たち二人が寝静まったのを確認してから一人で森の奥へ消えていった。

『主様、どうなさいますか？』

『好きにさせておけ』

俺は真の問いに素っ気なく返し、眠りについた。

◎

翌日、早朝からゆずが桃慈を起こす。

「なんだ、こんな朝早くに。まだあいつも寝てんじゃねえか」

「ごめんなさい、少しだけ相談したいことがあって。あっちで話せる？」

ゆずが申し訳なさそうに頭を下げる。

「……わかったよ」

桃慈はゆずについて、森の奥へ向かった。

二人の向かった先にいたのは宝華院兄弟の弟、陸である。

「やあやあ、こんにちは荒川君」

陸は笑顔で挨拶をする。

「どういうことだ、ゆず？　裏切ったのか？」

一方桃慈はゆずを睨みつける。

ゆずは、消え入りそうな声でごめんなさいと呟く。

「こいつは俺に逆らえない理由があるんだ。なあ？」

「……はい」

「穏やかじゃねえな、そいつは」

桃慈の目線がゆずから陸へ移る。

「そう怒るな。お前にも利益がある取引を持ってきたんだ。取引はシンプルだ。お前を合格させてやるから、芦屋道弥を裏切れ。なに、簡単だ。所定の場所にお前ら二人で案内してくれるだけでいい。お前の事情も聞いた。陰陽師事務所へのコネもないんだろう？　手伝ってくれたら、一流の陰陽師事務所への就職先も紹介してやる。どうだ？」

陸は微笑みながら提案する。

「俺みてえな奴にも、陰陽師事務所を紹介してくれるってのか？」

桃慈の言葉を聞き、陸は歯を見せて笑う。

「ああ、勿論だ」

「そりゃありがたいねえ。答えは……こうだ！」

桃慈はそう言うと、陸に思いきり蹴りを叩き込む。

陸はその蹴りを右手でなんとか受けるも、そのまま後ろに下がる。

陸は袖に付いた汚れを手で払いながら、桃慈を睨みつける。

「どういうつもりだ？　お前みたいな落ちこぼれ、この機会を逃せば二度と陰陽師にはなれんぞ？　それにうちが手を回せば、どこの事務所にも入れんん」

「馬鹿が！　ダチとの約束以上に大切なものなんてねえよ！　それに自分の夢は自分で摑むから価値があるんだろうが！　お膳立てなんていらねえよ。来いよ、坊ちゃん！」

桃慈はそう言うと、臨戦態勢に入る。

「これだから馬鹿は嫌いだよ。八つ裂きにして、勾玉を奪ってやる」

護符を取り出した陸と桃慈の間に、ゆずが割り込む。

「陸さん、もうやめましょうよ！　私はもう失格でいいですから！　お願いします！」

ゆずが泣きそうな顔で言う。だが、それは全く意味をなさなかった。

「お前如きの合否、どうでもいいんだよ。どけ！」

陸はゆずを蹴り飛ばすと、中鬼を召喚する。

中鬼は金棒を持つと、そのまま桃慈へ襲い掛かる。

桃慈は逃げずに構える。

（やべえ、死んだかもな。だがよお、辛い目に遭ったあいつを裏切ることなんてできねえよ。あんな目をしたダチを裏切って生きて、明日食う飯がうめえか、って話だ。仇《かたき》は取ってくれよ、道弥……）

桃慈は静かに敗北を悟り、中鬼に立ち向かう。

だが、振り下ろされた金棒が桃慈に触れることはなかった。

結界がその一撃を防いだのだ。

「誰だ!?」

突然の結界に陸が叫ぶ。

「俺の友人に、何してんだ？」

陸の視線の先には、芦屋道弥が立っていた。

◎

俺はゆずが消えた後、すぐに真により起こされた。

『ゆずが手引きして、宝華院の弟と二人が会っているようです』

『……見に行こうか』

そう言って見に行った先では、桃慈が誘いを蹴り危機に瀕していた。

馬鹿な奴だ。

だが、そこまでされちゃ俺もお前を認めない訳にはいかないじゃないか。

俺は気づけば笑っていた。

「馬鹿が、自ら来やがったぜ！」

陸が俺の姿を見て笑う。

「真、来い」

俺は真を召喚する。

こいつら如きに完全顕現は必要ない。全長数メートルの姿での顕現である。

だが、小さき姿でもその神々しさが損なわれることは決してない。

「道弥君、逃げて！　これは罠《わな》なの！」

ゆずが叫ぶ。

「黙ってろ」

倒れているゆずに、陸が蹴りを入れる。

「何をしている、って聞いてんだよ」

俺は怒気を抑えきれずに尋ねる。

「格好つけやがって。裏切者の芦屋家がよお。お前ら、安倍家を裏切って返り討ちになったのに、安倍家のお情けでまだ残ってんだろう？　恥ずかしいよなあ。よく陰陽師を名乗れるよ、お前たち」

陸が煽《あお》るように話す。だが、そんな煽り今まで何度受けたと思う？

「言いたいことはそれだけか？」

「おうおう、格好いいねえ。ヒーロー気取りか？　陰陽師ってのはヒーロー気取りの馬鹿から死んでいくんだよ！　お前みたいなよ！　準備はできたな？」

その言葉と同時に、周囲から一〇人以上の受験生が現れる。既に式神を召喚済みのようで二〇以上の式神がこちらを狙っていた。だが、その顔は真を見たせいか迷いが感じられる。

「あれって、犬神じゃないか？」

不安そうに周囲の受験生が呟く。

「奴が犬神など使役できるか！　見掛け倒しに決まってるだろう！　そこらの雑魚《ざこ》を化けさせて大きく見せてんだよ！　いくぞ、五芒式結界術・格子封陣《こうしふうじん》！」

陸は護符に霊力を込めると、呪を唱える。それに呼応するように、周囲の受験生も同様に呪を唱えた。

「「「格子封陣！」」」

その言葉と共に俺と真の立つ地面が光り、俺たちを閉じ込めるように立方体の結界が生まれる。

「油断したな、馬鹿が！　こちらはあらかじめ地面に結界用の陣を刻んでいたんだよ！」

俺たちを閉じ込めたことが嬉しいのか、陸が大笑いで叫ぶ。

格子封陣は集団で使われることの多い結界術だ。全員で霊力を分担すればよいため、下級陰陽師でも使いやすい上、三級妖怪でも封じられる強固さも併せ持つ。

効力としては特定の人、妖怪、式神の力を奪う。

だが、その程度の結界術で俺たちを封じられると思っているとは。

「真、どうだ？」

「違いが全くわかりませぬ」

と首を傾げる。

俺は無言で結界に触れると、破壊する。

結界が音を立て、粉々に消し飛んだ。

「なにっ⁉　格子封陣が⁉　三級妖怪でも封じられる結界だぞ！」

陸は一瞬で破壊されたことが信じられないのか、声を荒らげる。

「お前じゃ力不足だ」

「ふざけるな！　なら直接やるまで。犬神もどきを殺せ、中鬼！」

その言葉を聞いて、中鬼がこちら側に走ってくる。

「どこまでも愚かな奴だ。真」

「この私を犬神如きと一緒にするな！」

一喝。真の咆哮を受け、周囲の式神は中鬼を含めて全て消し飛んだ。

その凄まじい妖気は周囲の受験生を圧倒し、皆が恐怖に歪んだ顔で気絶している。

一級を超える妖怪の妖気には弱小陰陽師が目の前に立つことすらかなわない圧力があった。

陸は真っ青な顔で腰を抜かし、その顔は絶望に染まっている。

「う、嘘だ。中鬼が、一撃で……しかもただの、咆哮、なんて……」

陸は歯をカタカタと震わせながら真を見つめる。

「救えねえな」

俺はゆっくりと陸の元へ歩いていく。追い詰められた陸が口を開く。

「おい！　夜月の秘密を知りたくないか？」

「夜月の秘密……？」

俺は咄嗟にそう返してしまった。

俺の反応に、陸はいけると思ったのか話し続ける。

「ああ！　あんたも感じていたはずだ。夜月は何か隠していると。あんたは騙されてんだよ。なに、何かを求めたりはしねえ。ただ、俺を見逃してくれればいい。先ほどの非礼も謝る」

陸は必死に頭を下げる。

「確かに夜月は何か俺に伝えたそうなそぶりがあったな」

「だろう！　あいつは大嘘つきなんだ！　俺はあんたに同情してる。だから俺が真実をあんたに伝えてやる！」

必死で話す陸。そんな陸に俺は告げる。

「だが、もし夜月が何かを隠していたとしても俺は夜月から直接聞く。お前のような下種《げす》から聞くつもりはない。俺たちの関係にお前が土足で踏み込むことは許さない。くたばれ、下種が」

陸の顔が真っ赤に変わる。

「てめえ！　夜月は――」

次の瞬間、真が振り上げた前足を陸の腹部に振り下ろす。

その一撃は地面を砕き、陸の骨をも砕く。陸の体はビクンと大きく跳ねた後、白目を剝いて完全に沈黙した。

俺は状況についていけずに呆然としている桃慈に声をかける。

「格好良かったよ、桃慈」

「颯爽《さっそう》と助けに来たお前にゃ負けるぜ。ありがとよ。それにしても、本当に強いな」

桃慈は真の一撃を見て、驚きを隠せないようだ。

「最強だからな」

話している俺たちの元にゆずが申し訳なさそうにやってくる。

「道弥君、本当にごめんなさい。私、実は……」

「事情があったんだろう?」

俺は尋ねる。おそらく脅されたのだろう。

「母が病気で……。治療費は本家から借りているんです。本家に逆らうと、母は……」

ゆずが消え入りそうな声で言う。

「なに、大丈夫だ。陰陽師になってゆずが稼げばいい」

「ありがとうございます。本当に、ごめんなさい……」

ゆずは大粒の涙をこぼした。

「泣くでない、少女よ。最後に過ちに気づいて、正しい道を選べた。それが大事なのだ」

真が、ゆずに声をかける。

「もしかして……大口真神様ですか?」

「我を知っているか。感心だな」

真が神様モードの対応をしている。

「知ってるも何も、伝説の神様じゃないですか! 私一度神社にお参りに行ったこともありますよ!」

ゆずが憧れのスターに会ったかのような目で真を見つめている。

俺が死んでいる間に、随分有名になったものだ。

「あ……あの、陸は死んでいるんですか？」

しばらく真と歓談していたゆずが恐る恐る聞いてきた。

「いや、生きているはず？　生かす価値はないんだが……こんな馬鹿のために失格になるのも馬鹿らしいからな」

「そうですか……良かったです」

「こんな奴のこと、案じなくていいのに」

「いや、こんな奴のために、道弥君が失格になったら嫌ですから」

そう言って、ゆずが笑う。中々言うようになったな。

俺は倒れた奴らから勾玉を回収する。

陸が二二点、他から五点、計二七点を得た。

元のものと合わせて、一六四点である。

大きな怪我はないと思うが、ゆずの治療でもするか。

「莉世、ゆずの治療を頼む」

「承知しましたわ」

宙から莉世が降ってきた。どこに行ってたんだ。

「姐《あね》さん！　お疲れさまです！」

綺麗な姿勢で頭を下げる桃慈。

「姐さんなんて……！　私がまるで、道弥様の妻のような響き……嫌いじゃありませんわ」

一方、喜んでいる莉世。

人の式神を姐さんって言うな。俺よりもなんか扱い上じゃない？

「凄いね、道弥君」

と苦笑いをするゆず。

莉世の力により、ゆずの骨折や傷は痕が残ることもなく綺麗になった。

「ありがとうございます！」

ゆずが何度も莉世に頭を下げている。

「道弥様以外を治すことなんて、滅多にないのですから感謝しなさい」

話していた莉世が空に顔を向ける。

「道弥様、羽虫が」

莉世の目線の先には三本足の鴉、八咫鴉が飛んでいた。

誰かの式神か？　それとも偵察？

八咫鴉はこちらに目を向けると、言葉を発する。

「リク！」

なんだ。あいつの式神か。とりあえず祓うか。

「アベヤツキトトクイシュノセントウハジマル！」

八咫鴉はそうはっきり言った。

「なっ……!?」

俺は突然の言葉にただ思考停止した。

アベヤツキトトクイシュノセントウハジマル！

どういう意味だ？

俺はその言葉の意味が理解できなかった。

夜月？　安倍家？

完全に停止している俺に、八咫鴉が襲い掛かる。

だが、八咫鴉の爪は俺に刺さることなく、莉世の尻尾に貫かれた。

「シネマヌケ」

「道弥様に触れられると思ったか、下郎が」

脳が理解を拒否しているような感覚。

血の気が引いたような錯覚を覚える。

嘘だろ……？　嘘だ。夜月が安倍家なんて。

彼女は初めて会った時、虐げられていたはず。

安倍家であるのになぜ虐げられていた？

「ははっ……」

必死で否定する理由を探している自分に、乾いた笑いが出た。

これがあの馬鹿の言いたかった秘密か。

考えれば考えるほど、夜月が安倍家だと推測できる点が思いつく。

俺は夜月を初めて見た時、どう思った？

夜月は他の子より明らかに霊力が高い、そう思ったじゃないか。

夜月は俺の前では決して名字を名乗らなかった。そして、夜月は自分の実家に決して俺を連れていかなかった。

俺が安倍家を嫌いなことを知っていたからだ。

夜月が俺に告白したいことはこれか。

安倍家のことを考えるだけで憎しみが溢れてくる。今でも昨日のことのように。

安倍家の子孫を自らの手で鍛えてしまっていたのか。何をやっているんだ、俺は！

俺は怒りのあまり、木に自らの拳を叩きつける。

わかっている。夜月が直接何かした訳ではないと。この世界では一〇〇〇年以上前の話だと。

だが、俺にとってはまだ拭いきれない過去なのだ。

安倍家ということは、夜月も敵だ。

「どうされますか？」

真が、こちらを窺うように尋ねてくる。

「放っておけ」

俺はそっけなく告げると、どこへ向かうでもなく歩き始める。

おそらく北にいる変異種は、二級レベルだ。

夜月では難しい。

俺は関係ないはずの夜月のことばかり考えていた。

夜月は安倍家であり敵、どうでもいいはずだ……。どうでも……。

「北へ向かう」

俺は気づけばそう口にしていた。

「どういうおつもりですか？　道弥様」

莉世がこちらを睨む。

「夜月が変異種を討伐した場合、ポイントが俺と変わらなくなるだろう？　それは困る」

「確かにそうかもしれませんが……変異種の妖気からしてあの小娘が勝てるとは思えませんが？」

「勝負に絶対はない。俺が目指すのは圧倒的一位だ」

俺の言葉を聞き、莉世は疑わしい目線を向ける。

「本当ですか？　他に理由がありそうですが」

「主様、こちらに向かってくる集団が」

「時間がない。放っておけ。桃慈、ゆず、すまないが少し獲物を狩ってくる」

「おう、行ってこい！」

「頑張ってください」

二人の激励を聞いた後、俺は真にまたがる。

「莉世、二人を守ってやってくれ」

「……わかりました」

これは夜月のためではない。そう、圧倒的一位のためだ。

俺は自らに言い聞かせるように呟きながら、北へ向かう。

◎

莉世は去っていった道弥の方向を見つめてため息をつく。

「道弥様……甘いお方。その甘さのせいでお亡くなりになったというのに。私もすぐ向かいたいのですが、守れという命を受けてしまいました。どうしましょう？」

莉世はしばし考えた後に、桃慈とゆずを囲むように地面に線を引くと円形に結界を展開した。

「二人とも決してこの結界から出ないこと。これから二人より強い敵が来ます。そこから出ると死にますわよ。では」

莉世は二人にそう伝えると、そのまま北へ向かう。

「これなら、命に背くことにはなりませんね。守ってますから」

莉世は笑った。

「どうする、これ？」

「えーっと、出たら莉世さんが怖いので大人しくしてましょう」

二人は自分を囲む結界を見ながら苦笑いをしていた。

一方、その頃宝華院兄弟の兄である宝華院渚は真剣な顔で森を進んでいた。

真の圧倒的な妖気を感じ取ったからだ。

その背後には八人の受験生がついている。

宝華院家の分家の者たちは皆、渚を見つけた瞬間に降参し配下に下ったためである。

（いったい、何があったんだ？　試験レベルの妖気ではない。あれがおじさんの言っていた化け物か？　もしそんな化け物がいるのであれば、この俺が倒さなければ多くの犠牲者が出る）

渚はそう考えながら仲間を従え、妖気の発信源めがけて歩く。

すると必死な顔で逃げる男が、渚の視界に入った。

渚はその顔に見覚えがあった。そう、弟・陸の仲間だ。なぜ彼がひとりで逃げているのか。

「待て！　止まらないと敵として処理する！」

渚の言葉を聞いて、男は止まる。男は陸の仲間だったが、別の場所で待機していたため運よく難を逃れていた。

「渚さん、こ、こんにちは」

男はぎこちない笑顔を浮かべる。

「何があった？　陸はどうした？」

渚の言葉に、男はどう答えるべきか悩んだ。

「陸さんは、芦屋家の男に敗れました……」

「どういうことだ！　陸が芦屋家になど敗れるはずがない！　何か卑怯な手を使ったんだろう？」

渚が男に詰め寄る。

「そ、そうです……。俺は助けを求めるためなんとかその場から逃げ出したんです」

男は渚の剣幕に思わず肯定してしまった。

「おのれェ……！　やはり芦屋家は卑怯者の家系か！　陸め、油断したな。俺をその場へ連れていけ！」

怒りで顔を歪ませた渚は、男に案内させ、陸のいるところへ向かった。

気絶している陸を見つける。周囲には多くの受験生が倒れていた。

「陸！」

陸の元へ駆け寄ると、その体を抱き締める。

「試験でここまでするなんて……なんという男だ！　陸、大丈夫か？　必ず、お兄ちゃんが仇をとってやるからな！　陸が正々堂々と戦って敗れる訳がない。何か卑怯なことをしたに決まっている。俺が奴を止めねばならん。陰陽師界の未来のためにも。皆、力を貸してくれ！」

「おおー！」

他の皆も渚の言葉に同調し、声を上げる。

渚は立ち上がると、八咫鴉を召喚した。

「まだ芦屋家のチームは近くにいるはずだ。探し出せ」

「リョーカイ！　リョーカイ！」

八咫鴉は渚の言葉を受け、そのまま飛び立っていった。

「いつまでも卑怯な手が通じると思ったら大間違いだぞ、芦屋め。この俺が必ず報いを受けさせる」

渚の心は完全に正義を遂行するヒーローの気持ちだった。

この森で一〇点である青勾玉を持っているのは基本的に四級妖怪である中鬼だ。

中鬼は陰陽師にとって最も馴染みのある四級妖怪と言っていい。数が多いこともあるが、物理的な力も強く、使い勝手も良い。

中鬼を調伏できてこそ四級陰陽師、と言われるほど。

受験生たちは時には中鬼を倒し、時には中鬼に敗北していた。

だが、今ある受験生チームが戦っている白い中鬼は雰囲気が他とは大きく異なっていた。

「ねえ？　こいつ本当に中鬼なの!?　だってこんな中鬼、見たことないよ……！」

受験生の一人が叫ぶ。目には怯えが混じっている。

通常の中鬼より一回り大きく、全長は二メートルを優に超える。その手に握られている金棒には赤い血がこびりついていた。

鋼のような肉体は、受験生の陰陽術など全く寄せ付けず、振るう一撃は式神を粉々に粉砕した。

軽く振るった腕の一撃で、若い女の受験生はピンポン玉のように吹き飛んだ。壊れた人形のようにだらりと地面に倒れ込む女を見て、他の受験生の心が叩き折られてしまった。

「ば……化け物！　き、棄権します！　助けて！」

その様子を中鬼は興味なさげに見つめている。

棄権を宣言した瞬間、上から二人の試験官が降ってくる。その目はまさしく真剣で、中鬼を見据えている。

「こいつ……明らかに四級を超えている！　俺たちで処理するぞ！」

「わかっている！　全力でいく！」

試験官は二人とも三級陰陽師。この試験では一チームにつき、一人から二人の試験官がついていた。

「出でよ！　鴉天狗《からすてんぐ》！」

その言葉と共に、陰陽師は三級妖怪鴉天狗を召喚した。

鴉天狗。

山伏装束を身に纏い、鳥のようなくちばしを持った顔をしている妖怪である。

背中には大きな翼が生えており、卓越した剣術と神通力で戦場を駆け回る。

その手には鈍く輝く日本刀が握られていた。

鴉天狗はその翼を使い一瞬で距離を詰めると、中鬼の首を狙う。

その鋭い一撃を見て、中鬼の頬がわずかに上がる。

鴉天狗の一撃を軽い後退で躱す。だが、鴉天狗は更に連撃で中鬼に襲い掛かった。

中鬼はそれを金棒でさばき、鴉天狗の体のバランスがわずかに崩れた。

次の瞬間、中鬼が金棒を鴉天狗に振り下ろした。

まるで雷鳴が落ちたかのような轟音が響き渡る。

その一撃は鴉天狗を一撃で討ち祓った。

中鬼はすぐに次の標的を試験官の陰陽師に定める。

試験管の顔が真っ青に染まる。最強の切り札である鴉天狗が一撃で祓われた。それは敗北を意味した。

「頼む、受験生を……！　それまでは俺が時間を稼ぐ！」

試験官が覚悟を決めたように叫ぶ。

「わ、わかった！　死ぬなよ……」

それを聞いたもう一人の試験官が受験生を肩に担ぐ。残りの二人は召喚した式神に背負わせた。

「お前が逃げたら、俺も逃げる。応援を……二級以上の戦力がいる！」

試験官は護符を持つと、覚悟を決める。

試験官は全力で結界を張る。

「来い……！」

数分後、そこには血塗れで死んだ試験官の亡骸《なきがら》が横たわっていた。

「弱い……もっと強き者を。写真の者ならあるいは」

中鬼はそう呟くと、新たな獲物を探して歩き始める。

妖怪には通常のレートから外れた変異種が存在する。

中鬼なら三級以上のものがそれに該当する。

この中鬼は変異種で三級でも上位の強さを誇っていた。その目には確かな知性と、どう猛さが同居しており、その体内には白勾玉が眠っていた。

夜月たちは白勾玉を持った中鬼を探して歩を進めていた。

北に行くにつれ、妖怪が減っていることを皆肌で感じていた。

（嫌な雰囲気だな……。中鬼なら四級程度のはずだが、明らかにそのレベルではない。嫌な予感がしたなら引くべきだが……白勾玉が欲しい！　自分の価値は、自らの実力で摑み取る。そう誓ったはずだ）

危険に備え、夜月は手で印を結ぶ。

「臨兵闘者皆陣列前行。我が声に応え、出でよサクラ。急急如律令！」

その言葉と共に、ピンク髪の少女が召喚される。

年は夜月と同じくらい。

だが、普通の姿と違うのは頭部に黒く大きな丸耳と、尻に太く先っぽが黒い尻尾があることだ。

人の姿をしているがその正体は妖狸だった。

「お久しぶりです！　やっちゃん、元気ー？」

とサクラは呑気に夜月に挨拶をしている。

「元気だ。これから戦闘になるかもしれないから、先に呼ばせてもらった」

一方、夜月は淡々と返す。

「了解！　確かに嫌な雰囲気だね」

サクラは顔を引き締める。

すると突然、まるで雷鳴が轟いたかのような音が響く。

それに小さな悲鳴が聞こえた。

「サクラ、向かうぞ」

夜月は音の聞こえた方向へ走る。

木々の隙間から音のする方を覗くと、受験生と戦っている白い中鬼を見つける。

姿を見た瞬間、夜月は力の差を感じる。

（勝てるか？　奴の強さ、明らかに三級以上……。昔見た雷獣よりも更に強そうだ。だが、奴の一〇〇点なくして一位を取ることはできない）

夜月は葛藤する。

(不意打ちなら……他に何かないか。勝てる方法を、導き出すんだ!)

夜月は頭をフル回転させ考える。

だが、勝てるビジョンが見えなかった。

「早く逃げましょうよ! 殺される……」

夜月のチームメイトに至ってはその妖気に当てられて顔も真っ青になっている。

(いや……退こう。勝てない相手に挑むのは蛮勇というものだ)

「ああ、逃げよう」

(陸の奴、私じゃ勝てないと見込んで教えたな。だが、奴の誘いに乗って、むざむざやられるつもりはない)

夜月はすぐに撤退のため立ち上がった。

「があっ!」

すると、中鬼と戦っていた青年の式神が祓われた悲鳴が響いた。

青年はただ一人で戦っていた。残りの二人は逃げたのか、逃がしたのか。

式神も祓われ、男はただ呆然《ぼうぜん》と中鬼を見つめていた。足は震えており、恐怖で顔は引きつっている。

「終わりだ」

興味なさげに中鬼は青年の頭に金棒を振り下ろす。

霊力と妖気が爆ぜる音が響く。

夜月が咄嗟に、結界で金棒での一撃を防いだのだ。

「逃げろ！　速く！」

青年に向かって、夜月は叫んだ。

夜月を見ても、中鬼の表情は特に変わらない。

「お前は強いか？」

「どうだろうな？」

夜月はそう答えながら、必死で今後について考える。

（逃げられるか？　いや、厳しい。ここで祓うしかない！）

「す、すまない」

立ち上がった青年が頭を下げる。

「サクラ、行くわよ！　あんたは逃げてなさい！」

夜月は青年に向かって、言う。

「俺も……」

「足手まといよ」

「くっ……すまない」

青年は悔しそうに、そのまま走り出した。

「ええ!?　絶対勝てないよ！　明らかに中鬼レベルじゃないもん！」

サクラは夜月に向かって叫ぶ。

「私も護符でサポートするから」

「鬼！　死んだら化けて出てやるんだから！」

サクラは葉っぱを頭に乗せると、変化の術を使う。

すると、サクラは先ほどの姿とは大きく変わって、巨大な鬼の姿となった。

全長五メートルを超える大鬼。

「ほう」

その姿に、中鬼は初めて興味を持った。

（全てを出しきれ……。今まで道弥から学んだ全てを！）

大鬼になったサクラはその巨体で中鬼に襲い掛かる。

その拳が中鬼に触れる直前、再び変化の術を使う。

変化の術と共に煙が辺りを包み込む。

中鬼は周囲を見渡す。

（敵はどこだ？）

「臨兵闘者皆陣列前行。土行《どぎょう》・梓沼《あずさぬま》。急急如律令！」

夜月の言葉と共に、中鬼は自らの両足が沼に沈んだことに気づく。

地面に気をとられた瞬間、上空から巨大な重しとなったサクラが落下してきていた。

中鬼は重しに圧《お》し潰される。

「どう?」

夜月はその様子を見ていたが、中鬼はその重しをその体で耐えきっていた。

「少し、効いた」

中鬼は笑うと、その拳を重しとなったサクラに振るう。

夜月は護符を投げ、咄嗟に結界を展開しサクラを守る。

だが、中鬼は結界ごとサクラを殴り飛ばした。

サクラは何メートルも吹き飛ばされ、そのまま狸の姿に戻ってしまう。

「き、効いたァ」

サクラの口元からは血が漏れる。

(やはり格が違う。大技で一撃で潰すしかない。あれをやるしか……)

「サクラ、あの技を使う!　頼む!」

「えっ!?　あれは成功率も低いから試験では使わないって……」

「あれしかない。水行・山霧《やまぎり》」

夜月はそう言うと、呪を唱える。

それにより周囲は霧で埋め尽くされ視界が悪くなる。

夜月の声色から彼女が本気であることをサクラは察した。

夜月は護符にありったけの霊力を込める。

「くだらんな!」

中鬼は金棒を振り回し、その風圧で霧を吹き飛ばそうと試みる。

霧を吹き飛ばし終えた時、そこにサクラの姿はなかった。

「狸が消えたな」

「なんのことだ？」

夜月はそう言って笑う。

中鬼は、消えたサクラが近くにいるのではと、周囲を見渡し警戒する。

だが、どこにもサクラの姿はない。

（どこに消えた？　木々に紛れたか？）

だが周囲は中鬼が暴れたため、木々はほとんどない。

中鬼はサクラを警戒することをやめ、夜月に目を向ける。

その頃、サクラは鷲《わし》に変化しはるか上空を目指してひたすら飛んでいた。その嘴は護符を咥《くわ》えている。

（やっちゃん、無理はしないでね……）

地上一〇〇〇メートルを超えたところで、サクラは再び大鬼に変化し、護符を手に持つ。

「そろそろだな。金行・金剛槍」

夜月の呟きと共に、サクラの手から全長数メートルの鋭い金剛の槍が生まれる。

「いっけえええ！」

サクラは大鬼の姿で地上へ向かって渾身の一投を放つ。

「時間を稼がせてもらうぞ、中鬼。土行・梓沼」

再び中鬼の立つ地面が沼になり、中鬼が足を取られる。

「同じ技で時間稼ぎができるとでも――」

中鬼が金棒を振り上げる。

「土行・泥渦《どろうず》」

中鬼の周囲の地面が泥化すると、そのまま囲むように渦を作り始める。

「ぐっ……！」

中鬼は大きな不快感を抱く。

泥渦はダメージを与えるためのものではない。

動きを、視界を封じるための技である。

だが、自身に纏わりつくような泥は金棒を振るっても完全に吹き飛ばせる訳ではない。

いくら金棒で吹き飛ばされても、夜月は渦を生み出し続ける。

（残りの霊力を全て込める！　絶対に勝つんだ！　勝って一位を！　それができれば、きっと私は自分を信じられる！）

吹き飛ばしても、すぐに再び渦が自分を囲み始めることに中鬼は顔を歪める。

（威力はないが……鬱陶しい。他の人間が逃げきるまでの時間稼ぎか？　いつまでも付き合うつもりはない！）

中鬼は妖気を金棒に纏わせると、渾身の力で地面に振り下ろす。

雷が落ちたかと思わせる雷鳴と共に、地面が、泥ごと全て消し飛ばされる。

「霊力もほとんど残っていないな。時間稼ぎは終わりか？」

「……ああ。もう終わりだ」

（これは私たちのオリジナル……）

そう言いながらも夜月の目が死んでいないことに気づいた中鬼が、本能的に危機を感じる。

空を切るわずかな音を聞き、空を見るとそこには目前まで迫る金剛の槍。

「金剛槍・流星」

「ハハハ！　見事！」

その一撃を見て中鬼は笑うと、金棒に雷を纏わせその槍を打ち砕くように振るった。

「雷鳴閃《らいめいせん》！」

流星のように襲い掛かる槍を、雷を纏った金棒が捉える。

妖気と霊力が交わり、甲高い音が響く。

（貫け！）

夜月は祈り、そして轟音が鳴り響いた。

周囲はその一撃により砂煙に包まれる。

夜月はその煙が晴れるのをただ待つ。

煙が晴れた時、そこには傷を負いながらも立つ中鬼の姿があった。

（あの一撃でも……！）

夜月は絶望に包まれ、膝をついた。

あの一撃は夜月の出せる最強の一撃であった。

それを受けてもなお立つ中鬼に、もはやできる手立ては何もない。

「あと一瞬でも気づくのが遅れていれば、死んでいただろう。見事。だが、もう手はないようだな」

中鬼はゆっくりと夜月の元へ歩き、金棒を構える。

「さらばだ」

夜月は死を覚悟し、静かに目を閉じる。

そんな夜月めがけて、金棒が振り下ろされた。

だが、一向に振り下ろされない金棒に夜月は疑問を持ち、目を開ける。

そこには結界でその金棒を易々と受け止める道弥の姿があった。

「獲物、見つけた」

道弥は静かに、淡々と言った。

◎

白い中鬼は俺を見て、どう猛に笑う。

「遂に来たか、本物が！　お前が強者だな。近くにいるだけで肌が粟立つこの感覚……化け物だ！」

「夜月、悪いが獲物はもらう」

俺は夜月に伝える。

俺は獲物を見つけて、嬉しいはずだ。なのに、心の中は怒りで溢れていた。

「まだ子供……だがわかる。圧倒的威圧感……今まであった生物の中でお前が一番強い。俺の金棒が当たれば間違いなく、一撃で殺せるはずなのにな」

「さっさと来いよ。びびってるのか？　それとも自分より強い奴には立ち向かえない腰抜けか？」

そう言って挑発するも、中鬼は静かに金棒を大上段に構える。

金棒には稲妻が纏われていた。

「雷鳴閃！」

雷を纏ったその一振りが俺めがけて振り下ろされた。金棒が結界に、大きく爆ぜた。

だが、その一撃も俺の結界を砕くことはできなかった。

それを感じた中鬼は大きく俺と距離を取る。その顔には汗が滲んでいた。

「びくともせんな。まるで巨木を殴ったかのような揺るぎなさ。圧倒的力だ。お前は俺よりはるか格上だろう。だが、俺の最後の相手に相応しい！　全力で行かせてもらう！」

中鬼は構えをとる。

本気の一撃なのだろう。

「お前の全てを燃やしてやる」

俺は護符を取り出す。

中鬼は再び金棒に稲妻を纏わせる。その稲妻は嵐のように金棒の周りに渦巻いた。

「ありがたし。雷鳴天嵐《らいめいてんらん》！」

中鬼は渾身の一振りを下から救い上げるように放つ。同時に稲妻が嵐のように渦巻いてこちらへ飛来する。

「火行・獄炎《ごくえん》」

漆黒の、小さな火花が護符から放たれる。その小さな火花は嵐を裂くかのように吹き飛ばし、そのまま中鬼を貫く。

黒炎はそのまま中鬼全体を包み込んだ。

全身を黒炎に包まれながらも、中鬼はこちらを冷静に見つめていた。

「力不足か、無念」

「愚かな戦闘狂よ。地獄で再び鍛えあげると良い」

その黒炎は、中鬼を燃やし尽くした。

その後には、ただ白い勾玉だけが残っている。

この程度の敵に、護符など要らんのに俺は何を怒っているんだろうか。

「助けてくれてありがとう。私は結局弱いな。何も変わっていない。私は……私自身を信じられるように、誇れるようになるためにも、勝ちたかった！」

夜月は泣きそうな顔で言った。

そんな顔をするな。

何も言わずに、去るつもりだったのに。

「奴は二級相当の怪物だった。あの傷、決して浅くはなかった。強くなったな夜月。君が自分自身を認めなくても、俺が君を認めよう。強くなったな、夜月。人のために命を張れる、もう立派な陰陽師だ」

「……うん」

夜月はそう言うと、一粒の涙が頬を伝った。

「さらばだ、夜月。家のことは、もう聞いたよ」

俺は夜月の反応を待たずにその場を去った。

俺は何をやっているんだろうな。だが、あの夜月を見て、声をかけねばと、そう思った。

思い出せ。父を母を、妹を。

俺は自らに言い聞かせるように、何度も昔を思い出した。

◎

莉世は二人の様子を遠くから見守っていた。

「やはり助けに行かれましたね。あの小娘、道弥様のことを思えば今消した方が……。きっと安倍家を滅ぼす際に邪魔になります」

莉世は夜月を鋭い目で見据える。

「ですが、今殺すと道弥様にばれますわね。帰りますか」

莉世は結局夜月に何もすることなく、その場を去った。

一方、桃慈とゆずは敵に襲われていた。

「なんだ、この結界は！　全く壊れる気配がない！　いったいどれほどの時間と労力をかけてこれを作ったんだ！」

渚が叫ぶ。

渚とその仲間たち九人で結界を破壊しようと試みるも、未だに傷一つ入らない。

「どうしますか？」

渚の仲間も、この結界は破壊できないのではないかと不安を覗かせる。

今後について考えていた渚の動きが止まる。

(何か寒気が……。いったい何が？)

渚は本能的に北を見た。

すると、そこには探していた芦屋道弥の姿があった。

「何か、用か？」

声を発そうと考えていたはずの渚が固まる。

ただ、道弥の圧に呑まれた。

「よくもそう堂々と俺の前に顔を出せたものだな。この卑怯者が！　卑怯な手を使って、我が弟を倒したようだが、俺はそうはいかんぞ！　お前のような卑怯者は俺が必ずここで倒す！」

渚は動揺を隠すように大声で叫ぶ。

「そうだそうだ、卑怯者！」

外野の受験生も同様に罵声を飛ばす。

一方俺は二人を囲む結界を見る。

莉世がいない。あいつ、さぼってやがったな。

「卑怯？　その言葉はお前の弟にこそ相応しい言葉だろう」

俺の言葉に、渚の顔が怒りで歪む。

「こともあろうに、我が弟を侮辱するのか！」

「自分の権力を笠に女を脅し、俺をはめようとした。これを卑怯と言わずになんと言う？」

「貴様……そんなことを陸がする訳がない！　お前が罠にはめ、陸を騙したんだろう」

渚は聞く耳を持たずに、俺の反論を切って捨てた。

「本当です、渚さん！　私が陸さんに言われて……」

ゆずが渚にはっきりと言う。

だが、それすら渚には逆効果だった。

「お前が……宝華院のお前までが陸を侮辱するかア！」

渚は怒りで声を荒らげた。

「裏切りが得意な芦屋家と組み、こちらを裏切ったな。ゆず！」

これはもう全くこちらの言葉を信じるつもりはなさそうだ。

「おい、はっきり言ってやる。お前の弟なんて、わざわざ罠にはめるまでもない。普通に倒せるからな。それにしてもお前、正義面でこちらを糾弾しているが、やっていることは集団で囲んで少数の人間を袋叩きじゃないか。たいした正義感だ」

俺は嘲るように言った。

「なっ……！　これは正当な作戦だろう！」

「正当な作戦？　お前の弟もそうだったよ、罠にかけようとした上で、集団でこちらを囲んできた。それが宝華院流の作戦なのか？」

「俺のことはともかく、我が一族を侮辱するな！　芦屋家の分際で！」

「芦屋家を侮辱しておいて、我が一族を侮辱するな、か。いいご身分だな、御三家ってもんは。実力は俺以下のくせに、家柄だけで威張れるんだから」

俺の言葉に、渚は目を血走らせ苛立っていた。

「お前に何がわかる！　御三家であることの大変さ、それを束ねる本家の大変さ！　お前のような日陰者の芦屋家のように、消えてもわからん弱小一族には我等御三家の苦労などわからん。俺は我が一族を傷つける者を許さない」

「許さない？　そちらから襲っておいて随分な言いぐさじゃないか」

「まだそんな堂々と嘘をつくか！　恥を知れ！」

「自分の信じたいことしか信じない馬鹿を相手にするのは疲れるな。来いよ。ハンデだ、怖いなら囲っているお仲間と一緒に襲ってきても構わんぞ？」

「殺してやる！　お前如き、俺一人で十分だ！　出でよ、中鬼！」

渚は怒りながら、中鬼をもう一体、計二体召喚する。

「中鬼、叩き潰せ」

渚の言葉と同時に二体の中鬼がこちらへ襲い掛かってきた。

俺は襲い来る二体に軽く触れて呪を唱える。

二体の中鬼はそのまま光の粒子となって、消えていった。

「中鬼たちが消えた!?」

それを見ていた周囲の受験生たちがどよめきを上げる。

「しかもあの消え方は……」

そのうちの一人が唾を呑んだ。

突然の式神の消失に渚も驚きを隠せないのか、叫ぶ。

「俺の中鬼をどこへやった！　いったい何をしたんだ芦屋！」

「何をしたかは、お前はわかっているはずだろう？」

「け、契約破棄など……。中鬼を契約破棄などできるはずがない。四級妖怪を契約破棄なんて最低でも二級陰陽師以上の実力が……祓っただけに決まっている！」

渚は青くなった顔でこちらを見る。その顔には、今までと違い怯えが混じっていた。

「まだ繋がりを感じるか？」

「黙れェ！　水行・四氷槍《しひょうそう》」

渚は護符を取り出すと、呪を唱える。それに伴い、四つの氷の槍が空中に生み出されると、俺めがけて放たれる。

俺は結界で全てそれを弾く。

恐怖で少しずつ後退する渚に近づくと、俺は蹴りを放つ。

蹴りを受け、倒れ込む渚に俺は告げる。

「まだわからないのか？　陰陽師に最も必要なものはなんだと思う？　実力差を測る感覚だ。陰陽師の仕事では、自分より強い妖怪と出会うことなんてざらだ。その時、すぐさま実力差に気付き、逃げられる者が長生きできるんだ。お前、陰陽師に向いてないぜ？」

渚はしばらく悔しそうな顔をしてうずくまる。だが、再びこちらを振り向いた時、その顔は歪んだ笑みに変わっていた。

「確かに、今はお前の方が強いかもしれないな。だが、俺は宝華院家だ。お前は強くとも、親はどうかな？　宝華院の力を使えば、お前の親を消すことなんて――」

ぺらぺらと話していた渚は俺の顔を見て、口をつぐむ。

「どうやら優しくしてやったからか、勘違いしたようだな。姿を見せろ、莉世。完全顕現だ」

その言葉と同時に、木々の中から莉世が跳び上がる。

背中から、灼《や》けるほどの熱気が立ち込める。

そこには全長二〇メートルを超える巨大な九尾狐、莉世が顕現していた。

「ここに」

完全顕現した一級以上の妖怪の妖気により、空気が歪む。

多くの受験生がその妖気に当てられ、倒れ込んだ。

「きゅ、九尾？　なぜ……こん、な……ところに。まさか！　白光山の九尾狐が消えたという噂があったが、お前が！」

渚はなんとか必死で意識を保っていた。

だが、歯はがちがちと音を立て、全身は震えている。莉世は前足でそんな渚を押さえつける。

「お前、今殺されないと勘違いしているんじゃないか？　もし俺の知り合いに手を出したら、お前だけじゃない。宝華院家全員をこの世から消してやる」

「お、お前如きに父さんが負ける訳がない！」

「お前の父さんと俺、どちらが強いか教えてやろうか？　なあ、莉世」

「あの時の生意気なガキの処分ですね。魂まで焼いてあげましょう」

莉世の言葉に、渚は震え上がる。

自分の命が目の前の莉世の掌《てのひら》の上であることを本能的に感じ取ったのだろう。

「すみ、ません！　俺の、負けです……。絶対に芦屋さんの知り合いには手なんて出しません。約束いたします！　だから、見逃してください！」

勝てないと悟った渚は必死の懇願を見せた。

先ほどの態度のでかさが嘘のようなへりくだり方だった。

「今更見逃せ？」

「宝華院家次期当首候補として、試験に落ちたなんて言えません。必ず大金も払います！　なんなら道弥さんが今後出世する時の手助けもできます。宝華院家は陰陽師協会にも数が多いんです！」

それを聞いた俺は莉世に言う。

「莉世、足を放してやれ」

莉世が足を上げる。

「あ、ありがとうございます！　この恩は必ず返します！　俺は試験に落ちる訳には――」

「燃やせ」

俺の言葉を聞き、笑みを浮かべた莉世はその前足をかざす。

「狐火・暴風炎《ぼうふうえん》」

莉世の前足から、炎の渦が生まれ、その渦は渚を包み、はるか上空まで渚を吹き飛ばした。

「ぎゃあああ！」

竜巻によって、体が切り刻まれ炎に焼かれた渚は悲鳴を上げる。

宙を舞った渚はそのまま地面に叩きつけられる。

鈍い音と共に渚は白目を剝いて倒れ込む。その姿は弟にそっくりだった。

「誰が逃がしてやると言った。間抜けが。お前如きの手助けなど要らんわ」

俺は吐き捨てるように渚に告げた。

俺はすぐに桃慈の元へ駆け寄る。

「待たせたな」

「用は済んだのかよ？」

「ああ」

そう言って白勾玉を見せる。

「なら良かったぜ！　俺は何もしてねえがよ」

桃慈は笑った。

俺たちは倒れる渚たちからも勾玉を集める。

渚たちから四三点、これで合計三〇七点だ。

「三〇〇超えたか」

「断トツですよ、これじゃ」

ゆずが驚いたように言う。

それからは大きな出来事もなく、翌日の朝、ブザー音が森中に響き渡る。

『只今をもって、最終試験を終了いたします！　戦闘をおやめください！　戦闘中の者は試験官が止めに入ります。試験官に従って、入り口にお戻りください。勾玉を回収します！』

けたたましい音と共に終わりが告げられる。

すると、木の上から試験官が降ってきた。一次試験でデブから俺を庇《かば》った試験官だった。

「試験は終了だ。入り口に案内する。付いてきてくれ」

「四日間監視お疲れさまでした」

「君に護衛など必要ないだろうがな。白光山の九尾すら従える者など、夢物語だと思っていたよ」

試験官は呆れるように言った。

「秘密でお願いします」

「余計なことは言わないさ。だが、隠せるとは思わないことだ。完全顕現の時、おそらく委員会は大騒ぎだっただろうからな」

「式神を完全に隠し通すことは不可能でしょうからそこまでは期待してませんよ。けど、これでようやくスタートラインに立てる」

俺はそう呟いた。

俺たちは入り口に戻ると、大量の勾玉を回収担当の試験官に渡す。

「白を二つも……」

「くれぐれも数を間違えないようにお願いいたしますね。白は二つあるので」

俺は念を押しておく。

第四章 久しぶりだね

合否は今日の夜、ホームページで発表されるようだ。

受験者たちは皆疲れきった顔で、帰りの準備をしていた。

「道弥、短い期間だったけどありがとよ。何か会ったらいつでも呼べよ。色々背負ってるかもしれねえが……無茶はすんな」

そう言って桃慈は俺を抱き締める。

「ああ。無茶なんてしないさ」

俺はそう言いながら、今後について考えていた。

「道弥君のおかげで、なんとか合格できました。ありがとうございます」

「いやいや。お疲れさま。陰陽師としてはこれからだ。お互い頑張ろう」

「はい！」

ゆずはとっても嬉しそうだ。

「俺は東京で事務所を開く。何かあったら連絡してくれ。じゃあな」

俺は二人に別れを告げ、人気《ひとけ》のないところへ向かう。

勿論真に送ってもらうためだ。

そして、真を召喚する寸前、声がかかる。

「久しぶりだね」

声をかけてきたのは二〇代前半の青年だった。

すらりとした体に、爽やかな顔。目鼻立ちはくっきりとしており、モデルのように整っている。

女性のような黒髪ストレートを長く伸ばしているが、それがどこか似合っていた。

だが、そんなことはどうでもいいくらい俺は奴に目を奪われた。

声ではない、雰囲気、霊力、全てが俺に告げている。

怒りで頭の中が真っ白になった。全身の血が沸騰したかのように体が熱い。ただ、憎しみが、憎悪が体から溢れ出す。

「晴明――！　殺してやる！」

「久しぶりだね、道満。会いたかったよ。一〇〇〇年後にまた会うなんて」

俺の言葉に、姿の変わった安倍晴明は笑いながら答えた。

俺は晴明の姿を見た瞬間、理解した。

こいつも転生していたのだと。

俺と変わらぬ陰陽術を持つ晴明があっさりと寿命で死ぬ訳もない。

俺と同じように現代にいたのだ。

「お前……よく俺の前に顔を出せたな。俺は覚えているぞ、我が一族にした悪逆非道な行いの数々。今でも昨日のことのように思い出せる！　莉世、真！」

俺は二人を召喚する。

「晴明……生きておったか！」

「よくも私たちの前に顔を出せましたね。今日こそは首を飛ばしてあげます」

莉世と真を見ても、晴明は全く驚く様子もない。

「大口真神と九尾狐か。一〇〇〇年前にも見た式神だね。じゃあこちらも同窓会といこうか」

晴明はそう言うと、白虎《ひやっこ》と天空を召喚する。

白虎。

伝説の神獣である四神の一柱であり、一〇〇〇年前に晴明の名を大いに知らしめた一二神将の一柱である。

晴明は神の如き一二匹の式神を使役し、最強の名を得たのである。

そして、天空は一〇〇〇年前俺に致命傷を与えた妖怪の一柱である。

「真神か……まだ死んでいなかったのか」

白虎は真神を睨む。

「こちらの台詞だ。たかが虎が狼に敵うと思うか？」

「試してみるか？」

真と白虎がお互いに唸りながら睨み合っている。

殺してやる！

俺は護符を取り出す。

だが、そんな俺に後ろから抱きつく者がいた。

俺を監視していた試験官だ。

「何をしている！　晴海《せいかい》様に手を出したら、君は失格だぞ！」

「そんなことはどうでもいい！　こいつだけは殺さなければならんのだ！」

「君の合格を、家族が待っているんじゃないのか！　一級陰陽師に歯向かったら本当に芦屋家は終わりだぞ。芦屋家を復興させるんじゃないのか、君は！」

試験官の言葉を聞き、俺は動きを止める。

（お前なら必ず合格できるよ。自慢の息子だ）

そう言った父の顔が思い浮かんだ。

必死で俺のために三級陰陽師になろうと努力を重ねてきた父。

ここでこいつを殺しても芦屋家は復興なんてしない。それどころか永久追放だろう。

そんな父の努力が全て無駄になると考えると、俺は動けなかった。

俺は歯を食いしばり、晴明を見据える。

「来ないのかい？」

晴明は笑う。

「すみません。彼は混乱しているようです。どうかお許しを。彼は将来、きっと陰陽師界を背負う男です」

そう言って、試験官の男は頭を下げた。

「ふうん、つまらないな。まあいいや。今回だけは不問にしてあげる。うちの者もお世話になったようだからね」

そう言って、晴明は白虎と天空を帰還させ、こちらに近づいてきた。

警戒する俺の耳元で囁《ささや》く。

「まだ力は完全に戻っていないようだね。そのレベルじゃあ、僕は倒せない」

「黙れ……！　覚えていろ、晴明！　必ず、必ず復讐してやるからな」

「楽しみにしているよ、道弥君」

晴明は笑いながら去っていった。

晴明が去っていった後、俺は落ち着くように息を整える。

そこで感じたのは現在の奴との力の差だ。

俺は今世で増えた分を合わせても全盛期の八割ほどしかない。

だが奴は全盛期以上の力を持っていた。

俺のかつての全盛期でも、今の奴には勝てない。

鍛錬が足りないのだ。幸い、俺は現在、日々霊力が増えている。

さらなる鍛錬を積み、必ずあの男に地獄を見せてやる。

「おい、大丈夫か？　随分混乱していたようだが」

試験官からの声で俺は我に返る。

「……先ほどはありがとうございました」

「何をしているんだ。いくら君が強いといえど、彼は一級。しかも既に一級の中でもトップクラスと言われている晴海様だ。厳しいだろう」

「あいつは……俺の。いや、おっしゃる通りです。すみません、我を失いました」

「先ほどの話は聞かなかったことにしておくよ。私の理解を超えているからな。だが、今暴れるのは得策ではない。芦屋家を復興するのだろう?」

「はい。必ず」

「君ならできるさ。私の名前は八百昴。三級陰陽師で、都内で八百陰陽師事務所を経営している。何か困ったことがあったらいつでも来るといい」

「ありがとうございます。だが、なぜそこまでしてくださるのですか?」

「そうだな。恥ずかしいが、君のファンになってしまったのだ。信じるかい?」

八百さんははにかむように笑った。

「……信じます。八百さん、またよろしくお願いします」

俺は八百さんに頭を下げて、その場を去った。

真の背に乗り、空の散歩を楽しんでいる。

「主様、まさかあの男まで転生しているとは。このまま終わらせるつもりでは勿論ありますまい」

「勿論だ。だが、まだ力不足。前世の霊力は二割ほどしか戻っていない。霊力を戻しつつかつての、そして新たな仲間を集めよう。全ては復讐のために」

俺は再戦を誓う。

「我々もいます。次こそは勝ちましょうぞ」

「ああ」

俺はふと姿を消した莉世について考える。

あまり暴れてないといいのだが。まあ好きにさせてやろう。


試験会場から少し離れたところを、のしのしと歩く四条隆二の姿があった。

「あら、ようやく来ましたわ」

そう言って、ころころと笑う莉世。

それに気づいた隆二が下卑た笑みを浮かべる。

「なんだ、儂を知っておるのか？　儂はかの有名な四条家の当主よ。こっちへ来い。悪いようにせん。まだ若そうだが……」

その目線の先には莉世の扇情的な胸元があった。

「ふふ。ようやくこのゴミを殺せますわ」

その妖しくも美しい微笑を見て、隆二はようやく莉世が妖怪であることに気づく。

「お前、妖怪か！」

隆二は胸元から護符を取り出す。

「ようやく気づいたの？　本当に無能ねえ。道弥様を侮辱した罪、一〇〇回死んでも償えませんよ？」

「道弥？　あの芦屋家のガキの式神か！　俺に少しでも逆らってみろ。あのガキは二度と陰陽師として活動できんぞ！」

道弥の式神と知って途端に態度がでかくなる隆二。

（強そうに感じたが、所詮は奴の式神。ここを逃げさえすれば、この件で糾弾して陰陽師界から永久に追放してくれる！）

「死体がどうやって喋るのかしら？」

次の瞬間、隆二の右腕が切断される。

「ぎゃああああああああああああ！　う、腕があああ！」

それをゴミを見るような目で見つめる莉世。

「ようやく殺せるわ……本当に長かった。最近ストレスだったのよねえ。道弥様は本来お前如きでは口を利くこともできないほど尊き存在なのですよ？　それが、こんなゴミにすら舐められて……嘆かわしい」

「出で、よ、大鬼！」

隆二は大鬼を召喚する。

大鬼。二級妖怪に位置する大妖怪である。全長五メートルを超え、その鍛え上げられた巨体。

この一匹で、町一つを滅ぼすことすら造作もないほどの強さを誇る。

だが、召喚された大鬼は、次の瞬間には首を失い地面に倒れ込む。

その胸元には大穴が空いていた。

「なにっ!?　今の一瞬で、大鬼を殺したというのか!?　その尻尾……まさか白光山の九尾か！」

隆二はその正体を知り震え上がる。

「あら、私も有名になったものですわ」

「そんな……特級妖怪だぞ！　一〇〇〇年間誰も使役できなかったとされる伝説の……あんなガキに調伏されるなんて。た、助け……」

「狐火・纏火《まといび》」

隆二を火が包み込む。

「があああああああああああああ！　あ、熱い！」

「お前が死ぬまで纏わりつく炎よ。一瞬で死ねない分、後悔できるでしょう?」

莉世は笑みを浮かべてそう言った。

隆二は断末魔の叫びを上げながら、一〇分後動かなくなり、遂には灰燼《かいじん》と化した。

そこには何一つ、骨すら残っていない。

「妖気の跡も消して、と。最近は生きづらくなったものねえ。全て燃やせれば楽ですのに」

莉世はご機嫌で、道弥の元へ戻っていった。

◎

俺が自宅に帰る途中、ＨＰ上に試験結果が発表された。

一位：九八六六チーム　三〇四点　ＭＶＰ「芦屋道弥」

二位：一四六二三チーム　四一点　ＭＶＰ「安倍夜月」

三位：三四六一チーム　三六点　ＭＶＰ「羽山正弦《はやませいげん》」

四位：二五五五チーム　三二点　ＭＶＰ「戸田有斗《とだゆうと》」

五位：一八二二三チーム　三一点　ＭＶＰ「菅原紫《すがわらむらさき》」

五位までの各チームで最も活躍した者がＭＶＰとして、四級陰陽師からスタートが切れる。

例年のＭＶＰは御三家である「安倍家」「宝華院家」「菅原家」で占められることが多いが、今年はほとんど、御三家以外である。

当たり前だが、試験結果は俺のチームが一位。

飛び級した五人の名前の一位には芦屋道弥の名が掲載されている。

二位には夜月の名前が。

これで少しは、芦屋家の汚名を返上できれば良いのだが。そう思い俺は実家へ戻った。

自宅付近で真から降りて歩いていると、自宅前には父と母が立っていた。

「ただいま」

わざわざ家の前で待っていてくれていたのか。

俺を見て、母はにっこりと笑っている。

「おかえりなさい、道弥。お疲れさま」

太陽のような笑顔だ。

一方、父は今にも泣きそうな顔でこちらを見ている。

「お帰り。テレビで見たよ。一位だって？」

「言ったでしょう？　芦屋家の凄さを全国に知らしめるって」

俺がそう言って笑う。

「そう言って、本当にしてしまうんだから、道弥は凄いよ。私がどれほど願っても成し遂げられなかった芦屋家の再興。確信したんだ。道弥がいればもう大丈夫だとな。凡人の私でもわかる。道弥のような者が時代を変えるんだって」

そう言って、父は言葉を切った。目からは大粒の涙が溢れている。

「実は……私は今まで何度ももう陰陽師を辞めた方がいいんじゃないか、と思っていた。馬鹿にされてばかりで結果も残せやしない。実力も、足りないんだ、私は！　だが、道弥が立派に育ってくれた。私が陰陽師を辞めなかったことは無駄じゃなかったんだ！」

父はそう言って、泣いた。

日々虐げられ馬鹿にされ、そのような状況で陰陽師として働き続けるのは大変だっただろう。

だが、父は折れなかった。いつか必ず、芦屋家が復興すると信じて。

「無駄な訳ありません。芦屋家が滅びなかったのは父さん、貴方が決して折れずに戦い抜いたからだ」

「これ以上父さんを泣かせるなよ……。お前は俺の誇りだ」

父は俺を抱き締めながら、笑った。

◎

夜月は深刻な面持ちで自宅へ戻る。

とても二位を取ったとは思えない表情である。

夜月は居間に入ると、父に向かって深々と頭を下げた。

「すみません、お父様。安倍家の名を背負い、大見得を切った挙句この体たらく。罰はいかようにも」

「……相手が悪かったな。歴史にはたまに常識を超えた怪物が現れる。十分な成果だ。敗北を知り良い顔になった。これからはお前も本家の名を背負う陰陽師だ。精進に励め」

父は穏やかな口調で言う。

その言葉を聞いた夜月の顔が笑顔に変わる。

「……はい！」

夜月は笑顔で部屋を出た。

「誇れる自分でありたい、と言っていたがどうやら試験を乗り越えて自信をつけたらしいな。それにしても凄い新人が出てきたものだ」

そう言ってテレビを見る。テレビは想像通り道弥の話題で持ちきりだった。

『本日、陰陽師試験の最終結果が出ました。最終合格者数は二〇一人と例年程度ですが、今年は怪物とも言える新人が出てきましたね』

普段は陰陽師についてそれほど話題にしないニュース番組でも、この日は別だった。

アナウンサーの言葉に、狩衣を着た陰陽師が答える。

『芦屋道弥君ですね。二位が四〇点であるのに、三〇〇点超え。正《まさ》しく怪物でしょう。二次試験でも三秒という記録で話題になっていましたが、最終試験で名実ともに今年のトップの座に君臨しましたね。まだ一五歳でその才覚、末恐ろしい』

『芦屋家というのはあまり聞いたことはないのですが、その界隈では有名なのですか？』

アナウンサーの言葉に、陰陽師は難しい顔をする。

『有名でない、というのも嘘になるんですが。あまり有名ではないですね、特に現代においては。ですが、過去には最強と名高い安倍晴明と互角といわれている芦屋道満を輩出した名門です。時を超えて、再び怪物が生まれたとしても驚きませんね。今大手の陰陽師事務所は道弥君のスカウトのために、躍起になっているでしょうね。彼はすぐに台頭する。うちも欲しいくらいですよ』

と陰陽師は笑いながら言う。

廊下を歩いていた夜月が、玄関の扉が開く音に気づく。

「兄さん！」

夜月は帰ってきた家族を見て、嬉しそうな声を上げる。

「夜月、おめでとう。二位だったね。いきなり四級だ。よく頑張った」

「ありがとう、兄さん。兄さんもお仕事お疲れさま」

「ありがとう、夜月。少し疲れたよ」

夜月はいつもと少し雰囲気が違う兄に首を傾げる。

「今日はいつもより機嫌がいいね」

「そうかい？　久しぶりに昔の知り合いに会ってね」

そう言って笑ったのは安倍晴海。

一級陰陽師にして安倍夜月の兄、晴海であった。

復讐を誓う転生陰陽師　――芦屋道弥は現代世界で無双する――／了

あとがき

書店に並べられた多くの書籍の中から、本作を手に取って下さった皆様におかれましては、まず何よりも感謝を申し上げたく存じます。

『復讐を誓う転生陰陽師』をお読みいただきありがとうございます。

作者の藤原みけと申します。

本作は『第十一回ネット小説大賞』を幸運にも受賞させて頂き、マッグガーデン様から書籍化させて頂く運びになりました。

今作は妖怪、そして陰陽師モノです。

「百鬼夜行」という言葉が好きで、最強と言われる妖怪が従うものはさぞかし格好良いだろうなという発想から、本作が生まれました。

陰陽師といえば安倍晴明が断トツで有名ですが、今回は芦屋道満にスポットを当てました。なにかと悪役として書かれがちな道満ですが、そんな彼の魅力を少しでも引き出した作品にしたいと思います。

日常生活はあまり代わり映えしないので、実家の柴犬が唯一の癒しです。

少し痩せ気味なので、もっと太らせたいのが本音です。

だけど、健康面を考えると太らない方が良い。

それは分かるのですが、丸々とした柴犬は可愛いので丸々とさせたいという葛藤があります。

グルメなのかカリカリだと食べない時があるのですが、お肉の缶詰だとよく食べます。

やっぱり犬もお肉が好きなんだなと。

太らせるためにはお肉が必要なのだと思います。

柴犬様のお肉のためにも頑張って働こうと思います。

また、犬を見ていると、人はどれくらいのサイズの動物まで勝てるのだろうかと思うことがあります。

大型犬と戦ったら負ける気がします。

ドーベルマンとか明らかに人より強い。

戦うつもりはもちろんないですが。

創作面で言うと、最近は書きたいものが溢れて困ります。

サバイバル物やラブコメ、スローライフ物も書きたい。

こんなに書きたいものがあるのに、時間が足りない。

本作でも私の好きな要素を沢山詰めました。これからも好きな要素マシマシで書いていければと思います。

さて、ここからはお世話になった方に謝辞を贈らせて下さい。

担当編集の宇都様、小田様、最高に美しいイラストを描いてくださった荒野《あらや》様。本当にありがとうございます。

表紙の道弥が格好良いのは勿論のこと、莉世の美しさに心惹かれました。どのイラストも最高に素敵なのですが、私は道弥と真のカラーイラストが和を感じられてお気に入りです。

編集部、営業、校正、デザイナーの皆様などお力添えを下さった全ての関係者の皆様におかれましても、御助力を賜りましたこと深く感謝を申し上げます。

そしてこの本を取って読んで頂いた読者の皆様に、重ねて深く感謝を申し上げます。

一一月吉日　藤原　みけ

MAG Garden NOVELS

復讐を誓う転生陰陽師
―芦屋道弥は現代世界で無双する―

発行日　2024年11月24日 初版発行

著者 藤原みけ　イラスト 荒野

発行人　保坂嘉弘

発行所　株式会社マッグガーデン
〒102-8019 東京都千代田区五番町6-2
ホーマットホライゾンビル5F
編集 TEL：03-3515-3872　FAX：03-3262-5557
営業 TEL：03-3515-3871　FAX：03-3262-3436

印刷所　株式会社広済堂ネクスト

担当編集　宇都純哉

装　幀　新井隼也＋ベイブリッジ・スタジオ、矢部政人

本書は、「小説家になろう」(https://syosetu.com/) 作品に、加筆と修正を入れて書籍化したものです。

ISBN978-4-8000-1515-0 C0093　Printed in Japan

著者へのファンレター・感想等は〒102-8019 (株) マッグガーデン気付
「藤原みけ先生」係、「荒野先生」係までお送りください。